SCHRECKEN DER NACHT

Teil 3

Eine Sammlung von Kurzgeschichten

TOM COLEMAN

SCHRECKEN DER NACHT
Teil 3

TOM COLEMAN

Urheberrecht

Schrecken der Nacht 3

ÜBER DEN AUTOR

"Dieses Buch ist Horror neu definiert. Düster und mit mehr Wendungen als ein Labyrinth. Ich freue mich darauf, mehr von diesem Autor zu lesen." Amazon-Leser über die Sammlung "Horrors Next Door" von Tom Coleman.

Seit seiner Kindheit hatte er ein großes Interesse an Rätseln, Geheimnissen und dem Abnormalen. Er liebte den Nervenkitzel, wenn sein Verstand durch ein Rätsel verwirrt und in Erstaunen versetzt wurde.

Heute schreibt er Bücher für Menschen, die seine Begeisterung für gruselige und geheimnisvolle Geschichten teilen.

Wenn Sie Horror und Mystery mögen,
werden Sie seine Bücher lieben.

Wir versammeln alle Menschen mit einer
Leidenschaft für Horror/Mystery/Thriller in
unserer speziellen Gruppe. Wenn Sie dabei
sein und sich mit uns verbinden wollen,
treten Sie unserer Gruppe bei :)

Melden Sie sich hier an:

https://www.facebook.com/groups/541739063097831/

INHALTSVERZEICHNIS

DIE ANDERE SEITE

9

TOM COLEMAN

SCHRECKEN DER NACHT

10

TOM COLEMAN

Kapitel 1

"Es ist mir eine große Ehre, Ihnen die Absolventen der Carlton Boarding High vorzustellen", sagte Rektor Coleman mit einem Lächeln. Der hochgewachsene, grauhaarige Rektor wich zurück, als sich die Halle mit dem ohrenbetäubenden Klang der Feier füllte. Eltern, Freunde, Schüler, Mitarbeiter und Besucher der Schule klatschten und jubelten unisono, als die jungen Leute auf das Podium in der Schulhalle traten.

Das war er - der Moment, von dem Joe Phillips geträumt hatte, seit er an der Carlton Boarding High zu studieren begonnen hatte.

Joe schaute in die Menge und grinste von einem Ohr zum anderen. Seine kleine Schwester hüpfte aufgeregt auf ihrem Platz herum. Seine Mutter und sein Vater hatten ihre Hände mit Beifall beschäftigt. Mom hatte Tränen in den Augen und zeigte ein

TOM COLEMAN

zahnblitzendes Lächeln. Dad hingegen lächelte nur leicht.

"Danke", sagte Joe leise.

Sein Vater nickte inmitten des nicht enden wollenden Beifalls, als hätte er seine fast stummen Worte des Dankes gehört.

Joe hätte seine Familie noch den Rest der Abschlussfeier angestarrt, wenn sein bester Freund Kyle ihn nicht am Kragen gezogen hätte.

"Das ist es, Bruder", sagte er in Joes Ohr. Seine Stimme war erhoben, damit Joe ihn hören konnte. Kyle nahm seine Abschlussmütze ab und wartete auf das Signal.

Als er merkte, was er fast verpasst hätte, nahm Joe ebenfalls eilig seine Abschlussmütze ab, gerade noch rechtzeitig, um sie zusammen mit seinen Kameraden in die Luft zu werfen. Jetzt war es offiziell: Sie waren endlich Schulabgänger.

***

TOM COLEMAN

Der Rest der Abschlussfeier bestand aus tränenreichen Verabschiedungen, dem Austausch von Nummern und vielen Versprechen, in Kontakt zu bleiben. So sollte es sein, und Joe genoss jeden Moment davon.

Nach ein paar weiteren aufregenden Momenten saß Joe im Minivan seiner Familie. Sein Vater fuhr, und das bedeutete, dass seine Mutter die vier Stunden Fahrtzeit für sich allein hatte. Es gab für sie keine bessere Möglichkeit, die vier Stunden zu verbringen, als mit ihrem Sohn aufgeregt über seinen Abschluss zu plaudern und vielleicht noch den einen oder anderen Hinweis auf das College zu geben. Das war ihr Markenzeichen. Sie war nicht so reserviert wie ihr Mann. Obwohl Joe von der Feier müde war, machte ihm das Geplauder nichts aus.

"Also, ich sprach mit..."

"Komm schon, Liz, lass den Jungen ausruhen. Du warst schon letzten zwei

Stunden dran", sagte Mr. Phillips schließlich. Es waren seine ersten Worte, seit die Reise begonnen hatte.

"Aber Schatz...", begann seine Frau zu protestieren.

"Kein Aber, Liz. Ich bin sicher, Joe hat für heute mehr als genug geredet. Soll der junge Mann doch seinen Kopf ausruhen und von seinen Freunden träumen", unterbrach Mr. Phillips seine Frau. "Habe ich recht, Joe?" Er blickte seinen Sohn durch den Rückspiegel an.

Joe schenkte ihm als Antwort ein schwaches Lächeln. Er wollte die Gefühle seiner Mutter nicht verletzen, aber er musste seinen Kopf unbedingt ausruhen.

"Oh", begann Liz mit leiser Stimme, "du solltest dich jetzt ausruhen, Schatz." Joes Mutter richtete sich in ihrem Sitz auf und blieb still.

Joe starrte eine Weile vor sich hin und überlegte, ob er ein weiteres Gespräch mit seiner Mutter beginnen sollte. Er wusste, dass es sie verletzte, wenn man ihr sagte, sie

TOM COLEMAN

solle schweigen, egal wie wenig. Das hatte ihm nicht gefallen, auch wenn er wusste, dass sein Vater es gut meinte, und er brauchte dringend Ruhe. Jeanne, seine kleine Schwester, schlief tief und fest und hatte ihren Kopf auf seine Schulter gelegt - Schlafen war für eine Zehnjährige kein Problem.

"Ich schätze, ich werde Jeanne dann begleiten", sagte er leise. Er richtete sich auf, kuschelte sich in den Sitz und ließ seine Augen zufallen. Kaum hatte er das getan, war er auch schon eingeschlafen, und zwar schneller, als er erwartet hatte.

***

"Sieh an, sieh an, wer die Highschool abgeschlossen hat", sagte eine Stimme, die der von Joe sehr ähnlich war.

"Hm? Was?" murmelte Joe. Seine Augenlider flatterten.

15

"Oh, nein, das weißt du nicht", sagte die Stimme.

Joe spürte, wie ein Luftzug über seine Augen strich, und seine Augenlider fühlten sich an wie Blei. "Wer ist da?" fragte Joe und drehte sein Gesicht von einer Seite zur anderen. So sehr er sich auch anstrengte, er konnte seine Augen nicht öffnen.

"Entspann dich, Joe", sagte die Stimme wieder.

Joes Kopf war zum Stillstand gezwungen. Entsetzen erfüllte ihn, als er sich fragte, wo er war und wer ihn gefangen hielt. Er konnte nicht spüren, dass ihn etwas berührte, und doch war er schwer gefesselt.

"Ich bin ein Freund, Joe. Ich bin nur gekommen, um dir herzlich zu gratulieren", sagte die Stimme nach einem Moment der Stille. "Du kennst mich nicht, aber ich kenne dich, Joe. Ich weiß alles über dich.

"Sagen wir, ich bin der Freund, der immer für dich da war, den du aber nie wirklich kennenlernen wolltest", sagte er. "Ich dachte mir, wenn ich dir gratuliere, während du mit

TOM COLEMAN

deinen anderen Freunden beschäftigt bist, würdest du mich kaum hören, also beschloss ich zu warten, zumindest bis ich wusste, dass wir allein sind und du mich hören würdest.

"Wie auch immer, herzlichen Glückwunsch, Joe. Ich hoffe, du hattest Spaß", sagte die Stimme. "Ich will dir nicht zur Last fallen, aber ich bin für dich da. Du und ich werden bald so viel Spaß haben." Sie gluckste.

Ein paar Minuten vergingen. Joe spürte, wie er langsam wieder die Kontrolle über seinen Körper erlangte. Er hatte das Gefühl, als würde sich die Umgebung um ihn herum verlangsamen. Als er seine Augenlider wieder unter Kontrolle hatte, öffnete Joe seine Augen und richtete sich ruckartig auf.

"Wow, ganz ruhig, Mister", sagte Mr. Phillips zu seinem Sohn, der fast von seinem Sitz aufgesprungen war.

"Wir sind gerade erst nach Hause gekommen", sagte er.

"Oh, okay", sagte Joe. Er atmete laut ein, rieb sich die Augen und sah seine Mutter an, die die Stirn runzelte und besorgt aussah.

"Es ist nichts, Mom. Ich hatte nur einen seltsamen Traum, das ist alles", sagte Joe und streckte sich leicht. Obwohl ihm etwas an dem, was er erlebt hatte, nicht ganz geheuer war, war es besser, Mom nicht noch mehr Sorgen zu bereiten. Er wusste, wie überfürsorglich sie sein konnte, wenn es etwas zu befürchten gab, und außerdem wollte er diese Art von Aufmerksamkeit nicht. Zumindest nicht in diesem Moment.

"Hmm. Ich schätze, du fängst an, deine Freunde in der Schule zu vermissen", sagte Mr. Phillips.

Joe lächelte leicht, als wollte er sagen: "Vielleicht".

"Außerdem hast du sie ja erst vor vier Stunden verlassen. Ich bin mir sicher, dass es dir in ein oder zwei Wochen wieder gut gehen wird. Hast du nicht ein paar Karten und Telefonnummern bekommen?" fragte Mr. Phillips mit einer hochgezogenen Braue.

TOM COLEMAN

Joe nickte und murmelte etwas in der Art von: "Ich denke, ich könnte ein paar Anrufe machen."

"Dann ist das ja geklärt", sagte Mr. Phillips und stieg auf seiner Seite des Minivans aus. "Komm– hilf mir mit einigen Sachen im Kofferraum."

"Aber John", protestierte Liz und stieg aus dem Minivan aus.

"Mach dir keine Sorgen, Mama. Ich bin völlig ausgeruht. Ich kann die Sachen aus dem Kofferraum holen", bot Joe an und stieg ebenfalls aus dem Auto aus.

"Nein, das kannst du nicht", sagte Liz schroff. Ihr Blick wich nicht von ihrem Mann, der versuchte, sein Lachen zu unterdrücken. "Heute ist dein großer Tag, und ich möchte, dass du ihn in vollen Zügen genießt", fügte sie hinzu, und ihre Stimme wurde süß.

"Komm schon, Mom. Ein paar meiner Sachen aus dem Kofferraum zu nehmen, wird keinen Unterschied machen. Das sind

TOM COLEMAN

doch ganz normale Sachen", sagte Joe achselzuckend.

"Jeanne?", rief sie.

Ihre Tochter, die ihre Familie vom Inneren des Minivans aus beobachtet hatte, lugte heraus.

"Komm mit mir. Lassen wir die Männer ihr Ding machen", sagte sie sanft.

"Okay, Mom", antwortete Jeanne und stieg prompt aus dem Minivan, hüpfte ein wenig, nahm die ausgestreckte Hand ihrer Mutter und ging im Gleichschritt mit ihr.

"Du stimmst mir sicher zu, dass ich Recht habe", sagte Liz zu ihrer Tochter, als sie das Haus betraten. Sie wohnten in einer ruhigen Gegend mit Häuserzeilen auf beiden Seiten der Straße. Jedes Haus hatte einen ordentlich gemähten Rasen, der durch einen niedrigen Zaun gesichert war. Es war die perfekte Umgebung für einen netten Plausch mit den Nachbarn, aber in diesem Moment war keiner der Nachbarn in Sicht. Sie waren allein und kamen kurz nach fünf Uhr

TOM COLEMAN

nachmittags an, ohne Fanfare oder Erkundigungen von neugierigen Nachbarn.

***

Die Küche und der Essbereich waren Liz' Revier, und sie tat, was ihr gefiel. Zuerst verbannte sie Joe und seinen Vater aus der Küche, während sie die Vorbereitungen für das Abendessen traf. Als sie aus der Küche kam und den runden Esstisch gedeckt hatte, standen in der Mitte des Tisches zwei dampfende Schüsseln, eine mit Spaghetti und eine mit Hühnchen. In einer dritten Schale befand sich ein köstlicher Salat.

Mr. Phillips pfiff, als er die Schüssel vor sich stehen sah. "Das ist die richtige Feier", sagte er und schmatzte mit den Lippen.

Der erste Teil des Festmahls verlief ohne Probleme, bis Mr. Phillips beschloss, sich mehr zu nehmen.

Liz handelte schnell, indem sie die Gabel ihres Mannes abfing, bevor er sich ein Stück

TOM COLEMAN

Huhn nehmen konnte. "Die jüngsten Absolventen dürfen zuerst wählen", sagte sie mit einem Augenzwinkern.

Ihr Mann starrte sie an. Als er wieder zu sich kam, versuchte Herr Phillips, seine Frau zu überlisten, indem er so tat, als würde er seine Gabel wegnehmen, aber sie war auf ihn vorbereitet. Kaum hatte er versucht, seine Gabel wieder in die Schüssel zu stecken, war sie zur Stelle und fing sie ab.

"Komm schon, Liz", jammerte Mr. Phillips. "Er ist noch nicht einmal mit seinem Teller fertig."

"Oh, na ja. Dann müssen wir wohl auf ihn warten", entgegnete seine Frau süß, wobei ihre Gabel die ihres Mannes immer noch ablenkte.

Joe sah seine Eltern an, die über den Esstisch gebeugt waren und sich eine Gabelschlacht lieferten. Es war ebenso albern wie liebenswert. Das war der Teil von zu Hause, den er während der Schulzeit schrecklich vermisst hatte. Es war nicht so, dass die Schule so schlecht gewesen wäre,

TOM COLEMAN

aber sie war definitiv kein Vergleich zu zu Hause.

Joes Gedanken überfluteten ihn mit liebevollen Erinnerungen an die Vergangenheit, und eine Träne lief ihm über die Wange. Das reichte aus, um den Kampf zwischen seiner Mutter und seinem Vater zu unterbrechen, die sich zu ihm umdrehten und ihn ansahen. "Ich... ich liebe euch", sagte Joe mit zittriger Stimme.

Mr. Phillips streckte eine Hand nach Joe aus und rieb ihm den Kopf.

Seine Frau schlenderte zu ihrem Sohn hinüber und vergrub ihn in einer Umarmung.

"Wir lieben dich auch, mein Sohn", antwortete Mr. Phillips. "Ich bin stolz auf dich", fügte er hinzu.

Jeanne hatte sich stillschweigend in die Umarmung mit ihrer Mutter eingereiht.

Eine Zeit lang sah es so aus, als würde das Abendessen mit der Umarmung enden. Aber Mr. Phillips sah seine Chance, griff nach der Schüssel mit dem Huhn und machte sich damit aus dem Staub.

"John", schrie seine Frau. Sie brach die Umarmung ab und rannte ihm hinterher.

Mr. Phillips lachte, als er seiner Frau auswich, und Joe und seine kleine Schwester stimmten mit ein. Es war in der Tat einer dieser Tage.

***

Der Abend verlief ruhig, und schließlich war es für Joe an der Zeit, sich zurückzuziehen. Bei all der Aufregung, die er erlebt hatte, brauchte sein Körper so viel Ruhe wie nur möglich.

Joe ließ sich auf sein Bett fallen und seufzte erleichtert auf. Es war ein großartiger Tag gewesen. Erinnerungen an seine Freunde in der Schule wurden wach, und er ließ sich Zeit, jede einzelne zu genießen. Die Streiche, die Tests, die schwierigen Zeiten, die Spiele, die Treffen ... er ließ jeden

TOM COLEMAN

SCHRECKEN DER NACHT

Moment noch einmal Revue passieren, der ihm lieb und teuer war. Kyle, sein bester Freund, hatte sich bei vielen Gelegenheiten für ihn eingesetzt, und mit einer Mischung aus Bedauern stellte er fest, dass alles vorbei war. Zumindest war ihre Highschool-Zeit vorbei, und die Wahrscheinlichkeit, dass sie auf dasselbe College gehen würden, war gering.

In diesem Moment wurde es ihm klar: Er hatte keinen seiner Freunde angerufen, schon gar nicht Kyle, dem er versprochen hatte, ihn anzurufen, sobald er zu Hause ankam.

"Na, dann wollen wir mal sehen, was er vorhat", murmelte er. Joe drehte sich auf die Seite und schob seine Hände zu seiner Nachttischkommode, wo sein ausgeschaltetes Telefon auf dem Rand lag.

Er nahm sein Telefon in die Hand, schaltete es ein und wartete darauf, dass das Telefon den Startvorgang abschloss. Nicht allzu lange nach dem Hochfahren ertönte eine Reihe von Benachrichtigungen. Textnachrichten. Nicht nur von Kyle, sondern von einer ganzen Reihe anderer.

TOM COLEMAN

"Ich bin wohl ein bisschen spät dran", sagte er mit einem Grinsen und öffnete die erste Nachricht von Kyle.

Sie lautete: "Hey, Mann - wie ist es zu Hause? Hier ist nichts Ungewöhnliches passiert. Ein paar Worte von meinem alten Herrn und das war's. PS, die Bande trifft sich nächsten Samstag. Ich schicke dir später die Details."

Joe lächelte, und seine Gedanken schweiften zu dem, was Kyle über seinen Vater gesagt hatte. Es waren immer nur ein paar Worte, die zwischen ihnen gewechselt wurden. Er war der einzige Sohn eines alleinerziehenden Vaters, und sein Vater machte nie Witze über Kyles beruflichen Werdegang. Jedenfalls hatte sein Vater vor, ihn auf eines der besten Colleges zu bringen. Sein Vater war anders als der von Joe, der einen guten Sinn für Humor hatte, obwohl er zurückhaltend war. Ein guter Sinn für Humor konnte zwar einige angespannte Momente beruhigen, aber er reichte nicht immer aus. Die Rechnungen mussten immer noch bezahlt werden, und Joe wusste, wie

TOM COLEMAN

sehr er sich um ein Stipendium bemühen musste, um seine Eltern zu entlasten. Er hatte ein Teilstipendium bekommen, aber der deprimierende Gedanke, warum die Dinge nicht besser waren, als sie jetzt waren, hing immer in seinem Hinterkopf.

"Dafür ist jetzt keine Zeit", murmelte Joe und riss sich aus seinen Gedanken. Er musste Kyle anrufen.

Joe schaltete auf sein Wählgerät um, strich mit dem Finger über den Bildschirm und tippte die Nummer aus dem Stegreif ein. Ohne sich zu vergewissern, dass er richtig gewählt hatte, drückte er die Wähltaste und hielt das Telefon an sein Ohr.

Einen Moment lang klingelte es nicht, was Joe dazu veranlasste, sein Telefon zu überprüfen. Die Stille war merkwürdig. Joe überprüfte sein Telefon und wunderte sich über den dummen Fehler, den er gemacht hatte: Er hatte unbewusst seine eigene Telefonnummer gewählt. Das erklärte, warum es nicht klingelte; es konnte keine Verbindung hergestellt werden.

Er lächelte träge und bewegte seinen Finger in Richtung der roten Taste zum Trennen der Verbindung. In den wenigen Sekunden, die sein Finger brauchte, um den roten Knopf zu drücken, war der Anruf verbunden.

"Hallo, Joe", sagte eine unheimlich vertraute Stimme.

Kapitel 2

"H-Hallo?" stotterte Joe. "Wer ist da?"

"Ha-ha – weisst du es nicht schon?", fragte der Sprecher. Es lag ein beunruhigendes Gefühl in diesen Worten.

"Was? Ich kenne Sie nicht", sagte Joe und straffte seine Stimme, damit sie nicht verängstigt klang. Der andere Sprecher klang zu vertraut, um ihn zu ignorieren, und er bekam eine Gänsehaut.

"Komm schon, Joe - erzähl mir nicht, dass du das so schnell vergessen hast. Oder habe ich beim ersten Mal nicht so viel Eindruck gemacht?", erwiderte die Stimme.

"Hören Sie", sagte Joe fest, "was auch immer das für ein Spiel ist, ich will nichts damit zu tun haben. Ich kenne Sie nicht, und ich weiß nicht, durch welchen Hack Sie an meine Telefonnummer gekommen sind.

"Oh, starke Worte", sagte die Stimme mit einem Kichern. "Dann sollte ich vielleicht gleich zur Sache kommen."

"Ja, hören Sie auf, mich hinzuhalten und beantworten Sie meine Frage", forderte Joe, dessen anfängliche Angst sich in leichte Verärgerung verwandelte. Er war viel zu müde, um das Gespräch mit der fremden Stimme am anderen Ende des Telefons fortzusetzen.

Zwischen den beiden herrschte eine gefühlte Stunde lang Schweigen. Joe, der es nicht mehr aushielt, seufzte und wollte gerade auflegen, als die Stimme noch einmal sprach.

"Ich bin du, Joe Phillips", sagte es.

Bei diesen Worten lief Joe ein Schauer über den Rücken. Obwohl es in seinem Zimmer einigermaßen warm war, fühlte er sich unheimlich kalt. Diese Stimme hatte etwas an sich, das nach Terror schrie. "Wie bitte?" sagte Joe schließlich, aber es kam keine Antwort. "Ha-hallo?" fragte Joe, nachdem ein paar Sekunden der Stille vergangen waren, aber es kam immer noch keine Antwort.

Er nahm sein Telefon vom Ohr weg und blickte auf das Display. Der Anruf-Timer blinkte stetig und zeigte "00:00" an.

"Das ist nicht möglich", murmelte Joe, der sich durch die Anzeige auf dem Display seines Telefons verwirrt fühlte. In diesem Moment wurde der Anruf unterbrochen.

Joe starrte auf sein Handy. Der Bildschirm hatte sich wegen Inaktivität längst ausgeschaltet. Sein müder Verstand schwirrte vor Unbehagen. Er hatte schon von Leuten gehört, die aus Spaß ihre eigenen Telefonnummern wählten, aber er hatte noch nie gehört, dass ein solcher Anruf durchging. Es war seltsam, dass seiner durchgegangen war, ganz zu schweigen von der unheimlichen Wendung, die er genommen hatte, als die Person am anderen Ende behauptet hatte, er zu sein. So sehr er es auch als Scherzbold abtun wollte, der sich in seine Telefonnummer gehackt hatte, irgendetwas daran ließ ihn erschaudern. Er hatte diese Stimme schon einmal gehört. Es war

TOM COLEMAN

dieselbe Stimme, die er in seinem Traum gehört hatte, als er auf dem Heimweg ein kurzes Nickerchen gemacht hatte.

Unsicher, was er tun sollte, tippte Joe zweimal auf den Bildschirm seines Telefons. Es schaltete sich ein, und wie erwartet war seine Nummer die erste in der Anrufliste. Er starrte vor sich hin, sein Finger war zu zögerlich, um die Wahl zu wiederholen. Er fühlte sich nicht mehr so schläfrig.

Joe fasste sich ein Herz, schloss die Augen und ließ seinen Finger zur Wahlwiederholungstaste wandern. Ein paar Minuten verstrichen in Stille, was Joe dazu veranlasste, einen Blick auf das Display seines Telefons zu werfen. Kaum hatte er das getan, leuchtete auf dem Display der Anruf-Timer auf, der "00:00" anzeigte.

"H-Hallo?" Joe stotterte

"Hallo, Joe. Ich schätze, du hast dich endlich entschlossen, wieder anzurufen", antwortete die Stimme.

Joe schluckte. "Sagen Sie mir noch einmal: Wer sind Sie?", fragte er und

TOM COLEMAN

versuchte, seine Stimme so gut wie möglich unter Kontrolle zu halten. Für einen Beobachter sah es so aus, als würde er ein normales Gespräch führen, aber innerlich zitterte er.

"Ich bin du, Joe", sagte die Stimme.

"Aber das macht doch keinen Sinn", antwortete Joe.

Die Stimme gluckste und sagte: "Vielleicht. Bist du nicht der Besitzer dieser Telefonnummer?"

Joe bejahte diese Frage.

"Da du der Eigentümer bist, solltest du nicht derjenige sein, der Anrufe unter dieser Nummer entgegennimmt", fragte er.

"Ja, aber darum geht es nicht", erwiderte Joe. "Ich bin der Eigentümer, und ich bin derjenige, der die Anrufe entgegennimmt. Ich bin ich", sagte er und seine Stimme erhob sich.

"Ja, ich stimme zu", sagte die Stimme mit fester Stimme.

"Ach, wirklich?" Joe war über die Antwort erstaunt.

"Ja, in der Tat, Joe. Du bist du... und ich bin du", sagte die Stimme.

"Aber wie? Es ist nicht möglich, dass ich, wenn ich meinen Anschluss anrufe, meinen eigenen Anruf auf meinem eigenen Anschluss beantworte, wenn das überhaupt Sinn macht", sagte Joe. Seine Frustration wurde langsam sichtbar.

"Ha-ha. Denke nicht zu viel darüber nach, Joe." Die Stimme gluckste.

Joe grummelte: "Wenn du behauptest, ich zu sein, dann musst du wissen, was ich weiß..."

"Magst du, was du magst, und hasst du, was du hasst?", sagte die Stimme und beendete damit Joes Gedankengang.

"Warte - wie hast du das gemacht?" fragte Joe ungläubig. Er hatte nicht erwartet, dass die Stimme sich in seine Gedanken stahl und seinen Satz vervollständigte.

SCHRECKEN DER NACHT

"Ich schätze, das hilft, dich ein wenig zu überzeugen, nicht wahr?" Die Stimme gluckste.

"Weißt du, es ist schon spät", begann Joe, "Mom und Dad schlafen wahrscheinlich schon..."

"Daran denkst du doch nicht, oder, Joe?", erwiderte die Stimme.

Joe schwieg und suchte in seinem Kopf verzweifelt nach einer Antwort.

"Kyle geht es gut, und es stört ihn auch nicht, dass du nicht anrufst", heißt es weiter.

"Scheiße", rief Joe aus. Er hatte in seinem Kopf nach einer Ausrede gesucht, um den Anruf zu beenden, und die Stimme hatte sie aufgegriffen.

"Ich verstehe, dass das ein wenig verwirrend für dich ist, Joe, aber es ist, wie es ist: Ich bin du", sagte es.

Joe wusste nicht, was er sagen sollte, und schwieg. Die Stimme schien sich nicht an der Stille zu stören. Das Duo blieb so, bis Joe spürte, wie er in den Schlaf sank.

TOM COLEMAN

"Weisst du, es ist nicht besonders klug, beim Telefonieren zu schlafen", sagte die Stimme.

Joes Augen schossen auf. Sein Telefon lag immer noch an seinem Ohr, aber die Aussage war nicht von seinem Telefon gekommen - er hatte sie in seinem Kopf gehört.

Erschrocken tippte er auf die rote Taste auf dem Display seines Telefons, um den Anruf zu beenden, aber nichts geschah. Der Anruf-Timer blinkte weiter, was bedeutete, dass er immer noch telefonierte. Er tippte noch ein paar Mal frustriert auf die Taste, aber Joe konnte den Anruf nicht beenden.

"Weißt du, anstatt zu versuchen, wegzulaufen, wie wäre es, wenn du mich alles fragst, was du wissen willst?", sagte die Stimme inmitten von Joes unaufhörlichem Klopfen. Daraufhin reagierte Joe und hielt inne, als würde er das Angebot in Betracht ziehen. So unheimlich es auch war, Joe musste wissen, mit wem er es zu tun hatte. Zunächst schien es, als hätte er es mit einem hochkarätigen Hacker zu tun, aber das

TOM COLEMAN

erklärte nicht, wie die Stimme in seinen Kopf eindringen konnte.

"Gut", sagte Joe schließlich. Seine Schultern sanken in einem unbewussten Achselzucken. "Da Sie nicht vorhaben, mich aus dem Gespräch zu lassen, sagen Sie mir noch einmal, wer Sie sind?"

"Das haben wir doch schon besprochen, Joe: Ich bin du. Deine andere Hälfte, der Teil, der zwischen hier und dort existiert", erwiderte er.

"Was bedeutet das?"

"Es ist noch nicht an der Zeit, dass du das erfährst", sagte die Stimme in einem dunklen, unheilverkündenden Ton.

"Oh", sagte Joe. "Also, wie funktioniert das mit dir und mir?"

"Nun, ich weiß alles über Sie. Ich war an jedem Punkt der Erinnerung dabei", antwortete die Stimme. "Ich kann dir helfen, jede Erinnerung abzurufen, und ich kann dir helfen, dich in die Gedanken eines anderen hineinzuversetzen", fügte sie hinzu.

TOM COLEMAN

SCHRECKEN DER NACHT

Die letzte Bemerkung erregte Joes Aufmerksamkeit, aber gerade als er um eine Klarstellung bitten wollte, nahm die Stimme sein Stichwort auf und sagte: "Ja, ich kann Ihre Gedanken mit einer anderen Person teilen. Ich kann dafür sorgen, dass diese Person die Gedanken so sieht und hört, als ob Sie direkt mit ihr sprechen würden.

"Warten Sie - wollen Sie damit sagen, dass Sie mich telepathisch mit einer anderen Person verbinden können? Also Gedanken lesen und mit ihnen sprechen?" fragte Joe, sein Interesse war geweckt.

"Nun, wenn Sie es so verstehen, dann ja", antwortete die Stimme.

"Wow", sagte Joe. Ihm fiel nichts mehr ein, was er hätte sagen können.

"Aber Moment - wie genau können Sie das tun?", fragte er nach einer Weile.

"Sagen wir einfach, ich bin dein ungebundenes Ich. Deine andere Seite", antwortete er.

TOM COLEMAN

"Hmm", murmelte Joe, als er das Gehörte verarbeitete.

"Nur damit du es weißt, du bist nicht der Erste", scherzte die Stimme. "Es gab schon andere vor dir, und es gibt andere wie dich."

"Du meinst, es gibt andere, die ihre Telefonleitungen anrufen und sich mit seltsamen Stimmen verbinden können, die behaupten, sie zu sein, und die über Dinge sprechen, die man noch nie gehört hat?" erwiderte Joe. Das schien der Stimme nicht zu gefallen, die auf seine Bemerkung hin schwieg.

"Hallo?" Joe rief an, aber es kam keine Antwort. Nachdem er einige Minuten gewartet hatte, ohne eine Antwort zu erhalten, versuchte Joe noch einmal, die Verbindung zu unterbrechen.

"Vorsichtig, Joe, du könntest dich verletzen", sagte die Stimme schließlich. Daraufhin brach der Anruf von selbst ab, und Joe starrte unruhig auf den Bildschirm seines Telefons.

TOM COLEMAN

SCHRECKEN DER NACHT

Es war ein verrückter Abend für Joe, der immer wieder hin und her schwankte zwischen Gruseln und Faszination. Das Gespräch über das Gedankenlesen hatte sein Interesse geweckt, und ihm fielen schon ein paar Leute ein, an denen er es gerne ausprobieren würde, aber die letzten Worte, die er gehört hatte, hatten ihn auch beunruhigt, weil sie eine Vorahnung waren.

Joe seufzte schwer, ließ sein Telefon auf den Nachttisch fallen und machte es sich im Bett bequem. Sein Verstand war fasziniert, verwirrt und verängstigt zugleich. Er konnte einfach nicht verstehen, wie etwas gleichzeitig unheimlich und faszinierend sein konnte. Jedenfalls war er für heute fertig und konnte sich endlich ausruhen.

***

"Bitte, tun Sie das nicht - bitte", flehte Joe verzweifelt und klammerte sich an die Wand hinter ihm. Fünf schlaksige Gestalten ragten über ihm auf, ihre Gesichter waren von der

40

TOM COLEMAN

Dunkelheit verdeckt. Er war in die Enge getrieben.

"Weißt du, wie spät es ist, Joe?", fragte eine der Gestalten. Eine bleiche Hand legte sich schwer auf seine Schulter. Das Gewicht drückte ihn unsanft auf den Boden. Es gab ein Platschen, als Joe auf den wasserverschmierten Kachelboden fiel. Er war im Badezimmer eingesperrt. Schlimmer noch, es war überschwemmt.

"Es ist Teezeit", sagte dieselbe Gestalt und brach in Gelächter aus. Die fünf schlaksigen Gestalten zitterten unheimlich, als sie in wahnsinnige Lachanfälle ausbrachen.

"Bitte! Ich tue, was du verlangt hast. Ich werde deine Noten korrigieren ... Hausaufgaben ... alles", rief Joe.

"Zu spät, kleiner Mann. Erst trinkst du, dann bügelst du unsere Fehler aus", sagte die Leitfigur. Mit einer schnellen Bewegung spürte Joe, wie er von zwei kräftigen Händen auf die Füße gehoben wurde. Die Kraft, mit der sie ihn hochgehoben hatten, ließ ihn

TOM COLEMAN

gegen die Wand krachen. Er stöhnte, als der Schmerz durch seinen Körper schoss; schreien war zwecklos.

Ohne ihm eine Atempause zu gönnen, wurde er hoch in die Luft gehoben. Vier Paar Arme hielten ihn an Armen und Beinen fest, so fest, dass er kaum noch wackeln konnte.

Die "Teatime"-Rufe gingen weiter, während sie ihn durch den überfluteten Toilettengang zerrten. Eine Kabine am Ende des Ganges leuchtete in einem unheilvollen Rotton. Das war sein Urteilsraum, und er wusste, was kommen würde.

Ein Tritt ließ die Tür der Kabine auffliegen. Fast augenblicklich wurde er zu Boden geschleudert und verfehlte mit dem Kopf nur knapp den verfallenen Keramiktoilettenbehälter.

Joe hielt sich schwach eine Handfläche vor die Nase, als der Gestank aus der Toilette heftig in seine Nasenlöcher schlug. Aber das war auch nicht wichtig. Es war nur eine Frage von Sekunden, bis er mit dem Kopf voran in der Toilette landen würde.

TOM COLEMAN

SCHRECKEN DER NACHT

"Jetzt bist du nicht mehr so hart, was?", fragte eine der Gestalten Joe, als er auf die Beine gezerrt wurde.

Mit geschlossenen Augen schluckte Joe, als er spürte, wie er an seinen Beinen hochgehoben wurde. Innerhalb von Sekunden baumelte er über der Toilette. In den letzten Momenten, bevor er hineingeworfen wurde, spürte Joe, wie er zurückwich. Etwas hatte sich in ihm geregt. War es Abscheu vor seiner Schwäche? Hass auf seine Unterdrücker?

In diesem Moment hörte er: "Die ganze Zeit, Joe, hast du mich ignoriert".

~~~

Joe schreckte keuchend und schwitzend aus dem Schlaf auf. Er ließ seine Augen von links nach rechts wandern und blickte sich in seinem dunklen Zimmer um. Es war ein Akt, der ihm versichern sollte, dass er in Sicherheit war, dass alles, was er gesehen und gefühlt hatte, nur ein Traum gewesen war.

TOM COLEMAN
~~~

Er stieß einen Seufzer aus, blieb aber in der Dunkelheit sitzen, und seine Augen begannen ihm Streiche zu spielen. Die Schatten schienen sich am Rande seines Blickfeldes zu bewegen, aber jedes Mal, wenn er sich umdrehte, war nichts zu sehen.

"Nicht heute Abend", sagte er leise und griff nach seinem Telefon. Es gab eine Welle der Ruhe, als er die Taschenlampen-App des Telefons einschaltete, mit der er den Raum abtastete, um sicherzustellen, dass sich in den Ecken keine Gestalten versteckten. Als er sich vergewissert hatte, dass er allein war, erhob er sich aus dem Bett und verließ groggy sein Zimmer.

Joe machte sich auf den Weg zum Kühlschrank in der Küche und holte eine Dose Limonade heraus. Er trank den gesamten Inhalt in einem Zug hinunter, wischte sich mit dem Handrücken über den Mund und seufzte. Es war nicht das erste Mal, dass er diesen Albtraum hatte. Tatsächlich war es einer von fünf wiederkehrenden Albträumen, und am Ende

TOM COLEMAN

eines jeden hörte er dieselbe Stimme dieselben Worte sagen.

Er warf die Dose in den Papierkorb neben der Küchentür und machte sich auf den Weg zu seinem Zimmer, doch als er an der Tür ankam, machte er kehrt. Nach diesem Albtraum würde er definitiv keinen Schlaf mehr finden, also hatte es keinen Sinn, in der Dunkelheit zu liegen, in der sein Geist nur ein neues Kapitel der Unruhe entfesseln würde.

Joe ging zurück ins Wohnzimmer, nahm die Fernbedienung des Fernsehers in die Hand und ließ sich auf das Sofa sinken. Nach ein paar Klicks fand er einen Sender, auf dem eine Dokumentation über Tiere lief. Er warf einen Blick auf das Display seines Handys. Die Zeit zeigte ein Uhr nachts.

"Dann werde ich wohl nicht vor kurz nach zwei einschlafen", murmelte er vor sich hin und ließ das Telefon neben sich fallen.

So spät in der Nacht fernzusehen, erwies sich für Joe als die beste Lösung, denn er merkte nicht, wann er eingenickt war. Erst

TOM COLEMAN

als der Fernseher plötzlich ein Rauschen von sich gab, riss er sich vom Sofa hoch und blinzelte, um seine Augen an die Umgebung zu gewöhnen.

Er seufzte, ging schläfrig zum Fernseher und schaltete ihn aus. Er rieb sich die Augen und starrte eine Weile auf den dunklen Bildschirm. Nachdem ein paar Minuten vergangen waren, seufzte er noch einmal und wandte sich um, um in sein Zimmer zu gehen, aber als er das tat, hörte er draußen eine Bewegung. Jemand war draußen auf dem Rasen.

Kapitel 3

Joes Nerven zuckten, als er zuhörte. Die Haare auf seinen Armen standen ihm zu Berge, und er konnte nichts gegen das plötzliche Frösteln um ihn herum tun. Da war jemand auf dem Rasen.

Joe wusste nicht, was er tun sollte, und schlich sich leise ins Wohnzimmer. Er war kein Kämpfer, also konnte er sich auf keinen Fall einen Schlagabtausch mit einem Einbrecher liefern. Bestenfalls konnte er sich mit den Händen an der Tür festhalten, um zu verhindern, dass sie aufgedrückt wurde.

Joe stellte sich vor die Tür und spähte durch den Türspion. Auch wenn die Sicht in der Nacht nicht besonders gut war, würde es ihm helfen, einen Blick auf den Eindringling zu erhaschen. Draußen war es stockdunkel, abgesehen von der flackernden Glühbirne auf der Veranda. Ihr Schein reichte kaum ein paar Zentimeter tief auf den Rasen.

SCHRECKEN DER NACHT

Die Schritte wurden etwas lauter, als Joe durch das Guckloch spähte. Er konnte kaum etwas sehen, aber das Geräusch der Schritte verriet ihm, dass sich der Eindringling dem Haupteingang näherte. Joe schluckte, wandte den Blick vom Guckloch ab und sah sich nach einer Waffe um - irgendetwas, das er benutzen konnte -, aber da war nichts. Resigniert schluckte er und warf einen weiteren Blick hinaus.

Joe wich ruckartig vom Guckloch zurück und stürzte dabei fast nach hinten.

Eine einsame Gestalt war auf der Veranda erschienen, den Kopf im flackernden Licht gesenkt. Panik hatte sich breit gemacht, und Joe wollte gerade in sein Zimmer flüchten. In diesem Moment hielt er inne und wandte sich wieder dem Guckloch zu. Irgendetwas kam ihm an der Gestalt auf der Veranda bekannt vor.

Joe zögerte, aber er fasste sich ein Herz und warf einen weiteren Blick darauf. In diesem Moment durchströmte ihn eine Welle des Schocks und der Erleichterung - die Gestalt trug Kleidung, die er in mehreren

TOM COLEMAN

Nächten zu Hause gesehen hatte: Jeannes Pyjama. Er hatte die Geistesgegenwart, sich zu fragen, was sie draußen im Dunkeln machte, und dann bekam er die Antwort.

Die Gestalt bewegte sich, hob den Kopf leicht an und zeigte ein ruhiges Gesicht mit geschlossenen Augen.

"Jeanne?" sagte Joe, als er das Gesicht erkannt hatte. Er murrte und schimpfte mit sich selbst, weil er Angst hatte. Jeanne war eine Schlafwandlerin. Er hätte wissen müssen, dass sie einen Anfall haben könnte.

Erleichtert, dass er es nicht mit einem Eindringling zu tun hatte, öffnete Joe die Tür und trat auf die Veranda. Draußen war es kühl.

Er nahm Jeanne an der Hand, führte sie hinein und schloss schnell die Tür hinter ihnen. Er hatte ein ungutes Gefühl in der Magengrube, das nicht wirklich mit der Kälte draußen zu tun hatte.

Jeanne schlief noch tief und fest, obwohl sie auf den Beinen war.

TOM COLEMAN

SCHRECKEN DER NACHT

Ein kleines Lächeln schlich sich auf sein Gesicht, als er seiner kleinen Schwester beim Schlafen zusah, ohne sich Gedanken darüber zu machen, was mit ihr geschehen könnte. Er seufzte und hob seine Schwester in seine Arme, um sie wie ein Baby zu wiegen. Während ihr Kopf an seiner Schulter ruhte, ging er in Richtung ihres Zimmers und achtete darauf, keine plötzlichen Bewegungen zu machen, die ihren Schlaf stören könnten.

Auf dem Weg vom Wohnzimmer in ihr Zimmer rührte sich Jeanne kaum. Erst als Joe sie in ihr Bett legte und sie mit einer Decke zudeckte, rührte sie sich und kuschelte sich ins Bett, um sich zu wärmen.

Joe lächelte bei diesem Anblick und verließ leise ihr Zimmer. Er schloss nicht nur leise die Tür, sondern schloss sie auch ein.

Er dachte darüber nach, dass Jeannes schlafwandlerische Episode für ihn nichts Besonderes war, und ging zurück ins Wohnzimmer und ließ sich auf das Sofa fallen, als sein Telefon mit einer Benachrichtigung klingelte.

TOM COLEMAN

SCHRECKEN DER NACHT

"Gute Arbeit, großer Bruder", hieß es in der SMS.

So einfach es auch klingen mochte, Joes verschlafene Augen blickten die Nachricht mit großen Augen an. Das beunruhigende Gefühl in seinem Bauch verstärkte sich, als er den Absender zur Kenntnis nahm und feststellte, dass die Nachricht von seiner eigenen Telefonnummer stammte.

Wütend und doch unruhig schaltete Joe sein Telefon aus und wünschte sich, dass er schlafen würde. Es war besser, auf dem Sofa zu schlafen, als sich mit den schattigen Ecken seines Zimmers abzufinden.

***

Joes Augen zuckten, als die Sonnenstrahlen weiter auf ihn eindrangen und seinen Schlaf störten. Er grummelte, und seine Augen öffneten sich langsam, um direkt über ihn zu starren. Joe blinzelte, seine Augen huschten umher und nahmen seine

51

TOM COLEMAN

Umgebung zur Kenntnis. Er erinnerte sich daran, dass er sich auf dem Sofa ausgeschlafen hatte, und doch war er in seinem Zimmer. Er zuckte mit den Schultern und vermutete, dass seine Mutter oder sein Vater etwas damit zu tun gehabt haben mussten.

"Morgen, Mom", begrüßte Joe seine Mutter, die gerade das Frühstück vorbereitete, als er die Küche betrat. Sie konzentrierte sich auf die Eier, die sie braten wollte. Ein Teller mit Toast stand auf dem Küchentisch, und Joe griff nach einer Scheibe.

Er nahm einen Bissen und fragte: "Mama, hast du mir gestern Abend in mein Zimmer geholfen?"

Seine Mutter ließ ihre Augen nicht von den Eiern, während sie antwortete.

"Nein, Schatz. Ich bin letzte Nacht nicht aus meinem Zimmer gegangen. Warum? Ist etwas passiert?"

Joe schüttelte den Kopf. Er sah seiner Mutter schweigend zu, wie sie das Frühstück

TOM COLEMAN

weiter zubereitete - Toast und Eier waren genau das Richtige - und er musste an die vergangene Nacht denken: an das Gespräch mit der fremden Stimme, an Jeannes Vorfall, an den Albtraum und daran, wie er im Bett aufwachte. Joe schüttelte den Kopf, schloss die Augen fest und wollte die Bilder wegzaubern.

"Geht es dir gut?", kam die Stimme seines Vaters.

Joe öffnete seine Augen und sah seinen Vater verwirrt an.

Sein Vater nickte auf Joes Hände, die sich fest an die Tischkante klammerten.

Joe verstand die Botschaft und lockerte seinen Griff.

"Ja, mir geht's gut. Ich hatte nur einen kleinen Flash, das ist alles."

"Hast du gut geschlafen?", fragte sein Vater, woraufhin Joe nickte. Seine Hände zuckten, aber er drückte sie schnell zusammen.

TOM COLEMAN

SCHRECKEN DER NACHT

Joe fragte seinen Vater nach der vergangenen Nacht, aber sein Vater antwortete mit den Schultern. In diesem Moment kam Jeanne in die Küche und rieb sich die Augen; sie war gerade aufgewacht.

"Nun, der Schläfer ist endlich wach", sagte Joe. Er lachte.

Jeanne sah ihn ausdruckslos an und wandte sich an ihren Vater.

"Du bist letzte Nacht schlafgewandelt, Kleines, und ich habe dir in dein Zimmer geholfen, weißt du noch?" sagte Joe.

"Nein, ich glaube nicht, dass ich letzte Nacht gelaufen bin", antwortete Jeanne mit einem kleinen Schmollmund.

"Ach ja? Wie kommt es dann, dass ich dich wie ein Baby in dein Zimmer getragen und die Tür abgeschlossen habe?"

"Daddy, Joe macht sich über mich lustig", jammerte Jeanne und zerrte an der Hose ihres Vaters.

TOM COLEMAN

SCHRECKEN DER NACHT

Joe lachte und erzählte seinen Eltern die Episode, aber am Ende lachten weder Mama noch Papa.

"Habe ich etwas verpasst?" fragte Joe und sah von seiner Mutter zu seinem Vater.

Jeanne fand es auch nicht lustig. Sie beteuerte immer wieder, dass sie in der Nacht zuvor nicht geschlafwandelt sei.

"Bist du sicher, dass du gut geschlafen hast, Joe?", fragte sein Vater mit einer hochgezogenen Augenbraue.

"Jeanne schlafwandelt jetzt seit etwa drei Monaten nicht mehr. Das ist der Grund, warum wir ihre Tür nachts nicht mehr abschließen", fügte seine Mutter hinzu.

Joe war perplex. Wenn seine kleine Schwester nicht mehr schlafwandelte, wen hatte er dann in der Nacht zuvor draußen gesehen? Schlimmer noch, wen hatte er ins Haus geholt und im selben Zimmer wie seine Schwester untergebracht?

TOM COLEMAN

SCHRECKEN DER NACHT

Er stürzte aus der Küche und eilte direkt in Jeannes Zimmer. Sein Vater lief ihm hinterher.

Joe warf hektisch die Decke weg, ging in die Hocke und suchte unter dem Bett, aber es war nichts Ungewöhnliches zu sehen.

"Langsam, langsam, langsam, junger Mann", sagte sein Vater, aber Joe hörte nicht mehr, als er Jeannes Kisten umwarf und ihren Schrank durchwühlte.

Sein Vater stand da, als wäre er zu verblüfft, um zu handeln.

***

Im Inneren des Minivans war es still. Joe - ihr Sohn - starrte die meiste Zeit der Fahrt aus dem Fenster. Niemand sagte etwas, nicht einmal Liz - seine Mutter, die durch die Stille sehr beunruhigt schien. Was auch immer zu Hause passiert war, sie hatten sich alle auf eine unausgesprochene

TOM COLEMAN

SCHRECKEN DER NACHT

Vereinbarung geeinigt, nichts zu sagen, zumindest bis Joe sich dazu entschloss.

Herr und Frau Phillips wussten, dass ihr Sohn unter Depressionen litt, die zu manischen Ausbrüchen neigten. Sie wussten, dass das Mobbing, dem er in der Schule ausgesetzt war, die Sache nicht gerade erleichterte, aber sie hatten keine wirklichen Möglichkeiten, wenn es darum ging, die Schule zu wechseln. Joe hatte versprochen, dass es ihm gut gehen würde, und eine Zeit lang schien er sein Versprechen auch zu halten. In seinen kurzen Ferien gab es kaum Vorfälle von Manie oder stiller Depression, aber sie sahen immer den Kummer, der sich in Joes Lächeln verbarg, wenn er in die Schule zurückkehren sollte. Obwohl sie so oft wie möglich anriefen, konnten sie nicht wirklich feststellen, ob es ihm in der Schule wirklich gut ging.

Jetzt, zwei Jahre nach seinem letzten Ausbruch, hatte Joe einen weiteren Vorfall. Von der Erinnerung an das Schlafwandeln seiner Schwester bis hin zum plötzlichen

TOM COLEMAN

SCHRECKEN DER NACHT

Sprung ins Zimmer seiner Schwester war eine alte Angst wieder aufgeflammt.

Wenn Joe ins Schweigen abdriftete, konnte man nicht wissen, wann oder was ihn wieder so lebhaft sprechen ließ wie sonst. Seit dem Vorfall hatte er kein einziges Wort mehr gesprochen und auch das Angebot seiner Eltern, mit dem Auto zu fahren, um den Kopf frei zu bekommen, hatte er nicht angenommen.

***

"Kann ich eine neue SIM-Karte für mein Telefon bekommen?" fragte Joe leise. Seine plötzliche Frage, nachdem er seit dem Vorfall am Morgen geschwiegen hatte, erschreckte seine Eltern.

"Ich wollte es nur ändern, weil ich mit der Schule fertig bin", erklärte Joe.

"Ja... Ich denke schon", sagte seine Mutter unsicher und sah ihren Mann zustimmend an. Mr. Phillips nickte, ohne seinen Blick

TOM COLEMAN

von der Straße zu nehmen. Immer, wenn Joe einen seiner Anfälle hatte, war es das Beste, seinen Wünschen nachzugeben. Obwohl die SIM-Karte nicht ausgetauscht werden musste, ging es mehr um Joe, der wahrscheinlich versuchte, damit fertig zu werden.

"Wir könnten dich jetzt zum Service-Center bringen, wenn es dir nichts ausmacht", bot seine Mutter an.

Joe zuckte mit den Schultern und starrte weiter aus dem Fenster. Er wusste, was die anderen über ihn dachten. Seine Mutter, sein Vater und sogar einige seiner Freunde aus der Nachbarschaft wussten von seiner befleckten Vergangenheit, aber für ihn war er so ziemlich normal, zusammen mit seinem Anteil an den Problemen des Lebens.

Nach dem, was vorhin passiert war, wusste er genau, wer die Schuld trug: die Stimme, die ihn verwirrt hatte. Die Anrufe, die SMS und, was noch schlimmer war, die Eindringlinge in seinen Geist, waren alle von der Stimme gekommen. Wahrscheinlich hatte er die ganze schlafwandlerische

Episode geträumt. Es war wie einer seiner Träume nach einem Alptraum, bei dem er aus einem Alptraum aufwachte und immer noch schlief und träumte. Jedes Mal, wenn so etwas passierte, konnte er seine Träume kaum von der Realität trennen, bis er schließlich aufwachte. Genau wie an jenem Morgen sprach er dann mit jemandem über das, was scheinbar passiert war, aber nie geschah. Kyle wusste von diesen Ereignissen nach dem Träumen, und das machte es ihm leichter, einen klaren Kopf zu bekommen, aber seine Eltern wussten nichts davon, und er wollte es ihnen noch nicht sagen.

Mit seinen Eltern über die Stimme zu sprechen, schien auch keine gute Idee zu sein. Sie würden nur ausflippen und beschließen, dass es an der Zeit war, einen Therapeuten aufzusuchen, aber das wollte er nicht. Stattdessen beschloss er, so zu tun, als ginge es ihm gut. Wenn er sprach und so tat, als sei nichts passiert, würden sie sich ein wenig erleichtert fühlen, und ihre Erleichterung war seine Chance, die Dinge zu klären. Für den Anfang würde er die Stimme davon abhalten, ihn zu erreichen.

TOM COLEMAN

SCHRECKEN DER NACHT

***

Der Wechsel der SIM-Karte war ziemlich einfach. Joe notierte sich, dass er niemals versuchen würde, seine eigene Nummer zu wählen. Er rief ein paar Freunde an, um sie über seine neue Telefonnummer zu informieren. Kyle war der erste, den er anrief, und die beiden verbrachten viel Zeit am Telefon, um über ihre Pläne zu plaudern, insbesondere über die Liste der lustigen Dinge, die sie tun mussten, bevor sie sich über die Zulassung zu ihren jeweiligen Colleges aufregten. Wie sich herausstellte, hatte Kyle für sie Karten für eine After-Graduate-Party besorgt, und es waren nur noch sieben Tage bis dahin.

"Einen Moment", sagte Joe am Telefon. Er wandte sich an seine Eltern - die auf der Heimfahrt wieder einmal von Schweigen überschattet wurden - und fragte, ob er zu der für das folgende Wochenende geplanten Hausparty fahren könne.

TOM COLEMAN

SCHRECKEN DER NACHT

"Nun, wenn es Kyle ist, sollte es kein Problem sein", sagte seine Mutter. Sein Vater nickte zustimmend.

Nachdem er ihre Zustimmung erhalten hatte, wandte sich Joe wieder an Kyle und sagte: "Ich werde da sein, Mann".

***

Seitdem Joe seine SIM-Karte gewechselt hatte, fühlte er sich ein wenig ruhiger. Seit Wochen hatten sich keine Stimmen mehr in seine Gedanken eingemischt, und er entspannte sich in seiner Umgebung, indem er sich mit alten Freunden und Nachbarn traf. Kyle war zweimal zu Besuch gekommen, und es war ein Riesenspaß gewesen, in lustigen Erinnerungen an ihre Schulzeit zu schwelgen.

"Sag mir noch einmal, warum du deine SIM-Karte gewechselt hast - was ist mit der alten passiert?" fragte Kyle während einer ihrer Unterhaltungen.

TOM COLEMAN

Joe zuckte leicht zusammen. "Eigentlich nichts, ich habe herausgefunden, dass es jemand anderem zugeteilt wurde." sagte Joe ausweichend.

"Das ist seltsam. Du hast diese SIM-Karte ein paar Jahre lang benutzt, und jetzt ist sie plötzlich jemand anderem zugewiesen?" sagte Kyle nachdenklich.

Joe zuckte mit den Schultern und sagte: "Schau mich nicht an - ich weiß nicht, wie das funktioniert. Ich weiß nur, dass meine Telefonnummer jemand anderem zugewiesen ist, und ich habe es erst nach meinem Abschluss herausgefunden."

"Oh, wenn du das sagst. Einen Moment lang sah es so aus, als wolltest du den Rest von uns im Stich lassen." sagte Kyle scherzhaft.

Joe schaute finster drein und sagte: "Das wäre gar nicht so schlecht. Ha-ha"

Das Gespräch mit Kyle zog sich fast den ganzen Tag hin, bis es für Joe Zeit war, nach Hause zu fahren, aber gerade als Kyle ihm zum Abschied winkte, nachdem er in sein

TOM COLEMAN

Taxi gestiegen war, beschlich ihn wieder dieses alte, unbehagliche Gefühl. Während er den meisten Fragen seiner Freunde über die Änderung der Telefonnummern ausgewichen war, hatte Kyles Frage ihn beunruhigt. Sie erinnerte ihn daran, dass er die Stimme seit über einem Monat nicht mehr gehört hatte. Die Trennung von der Stimme war zwar eine Erleichterung, aber er konnte das Unbehagen in der Magengrube nicht abschütteln.

"Es ist nichts. Ich werde nicht zurückverfolgt. Niemand hat es auf mich abgesehen", beruhigte sich Joe und schüttelte die Gedanken an die Angst ab.

Für jede Sünde gibt es eine Versuchung. Das war der Fall bei Joe, der seine Augen nicht vom Bildschirm seines Telefons lassen konnte. Es war Nacht, und er wählte zum dritten Mal in dieser Nacht seine Telefonnummer. Er wurde das Gefühl nicht los, dass seine Finger danach juckten, die Tasten zu drücken. Er konnte nur widerstehen, indem er seinen Finger über die Wähltaste hielt. Aber es war nur eine Frage

TOM COLEMAN

der Zeit, bis er es tat und die Nummer
wählte.

Joe, der sich immer wieder daran
erinnerte, nicht auf den Wählknopf zu
drücken, stellte fest, dass seine Finger nicht
mehr seinem Willen gehorchten. Wie ein
Süchtiger, der einen Rückfall erleidet, tippte
Joes Daumen schließlich auf den Wählknopf,
und er schloss die Augen.

66

TOM COLEMAN

Kapitel 4

"Hallo, Joe, wie war deine kleine Pause? Ich habe auf dich gewartet", antwortete die Stimme. Der Timer des Anrufs blieb unverändert auf 00:00 stehen.

Als die unheimliche Stimme ertönte, drückte Joe den roten Knopf, um den Anruf zu beenden, aber der Timer blieb aktiv.

Die Stimme kicherte über sein vergebliches Tun. "Du solltest inzwischen wissen, Joe, dass du mich nicht loswirst. Ich bin du, dein ungebundenes Selbst, deine andere Hälfte. Wir sind ein und dasselbe, zwei Seiten einer Münze", sagte sie unheimlich.

"Was wollen Sie? Warum überwachen Sie mich?" fragte Joe, seine Stimme war schwer von Angst und Unmut.

"Es ist ganz einfach, Joe: Ich will dich. Ich will alles von dir - dein Leben, deine

TOM COLEMAN

Bindungen, deine Zeit, deine Freunde...
sogar deine Feinde."

"Das ergibt keinen Sinn. Warum sollte
jemand..." Joes Protest endete, als die
Stimme ihn unterbrach.

"Es gibt so viel, was du nicht weißt, Joe.
Es gibt so viel, was du tun könntest, so viel,
bei dem ich dir helfen könnte, aber du bist
hier und wehrst dich", schnauzte die Stimme.

"Sei vorsichtig, Joe", sagte es leise. "Ich
bekomme immer, was und wen ich will."

Kaum hatte die Stimme diese Worte
ausgesprochen, war die Leitung tot.

Joe blieb auf seinem Bett sitzen und
starrte stundenlang auf den Bildschirm
seines Telefons. Er hatte wirklich Angst, sein
Körper zitterte trotz der milden
Raumtemperatur.

In dieser Nacht verging die Zeit für Joe
langsam. Während die anderen schliefen,
starrte er auf das Telefon, bis der Akku leer
war.

TOM COLEMAN

SCHRECKEN DER NACHT

***

Tropf... tropf... tropf!

Das Geräusch von Wassertropfen hallte durch die leere Leinwand. Es war still bis auf das Echo der Tropfen.

"Hallo? Ist hier jemand?" hörte Joe sich rufen. Um ihn herum war es stockdunkel. Er tastete sich vor, bis er in ein Gewässer stolperte.

Eilig kam er wieder auf die Beine. Joe bewegte sich langsam vorwärts und hatte das Gefühl, immer tiefer ins Wasser zu gehen. Was vorher nur seinen Knöchel bedeckt hatte, reichte ihm jetzt bis zur Taille und stieg weiter an, je weiter er in der Dunkelheit vorankam.

"Hier entlang", sagte eine Stimme. Das Echo war so stark, dass es unheilvoll klang.

"A... Sind Sie sicher? Gibt es dort einen Ausgang? Bitte, ich weiß nicht, wo ich bin", flehte Joe. Seine Augen huschten von links

69

TOM COLEMAN

nach rechts, aber da war nichts als Dunkelheit.

"Hier drüben, Joe. Wir warten", rief eine ganz andere Stimme, die von demselben Echo getragen wurde. Grimmig folgte Joe den Stimmen und ging tiefer in das Wasser, das bald seinen Kopf zu bedecken drohte.

Als er blind lief und sich nur von den Echos leiten ließ, verfehlte Joe einen Fuß und versank für einen Moment im Wasser um ihn herum. Erschrocken hielt er den Atem an und schlug verzweifelt mit den Armen um sich, um die Oberfläche zu erreichen.

Dann kam das Gelächter.

Um Joe herum schwebten Blasen, von denen jede zerplatzte und die eingeschlossene Luft freigab, begleitet von einem irren Gelächter. Aus Angst um sein Leben kämpfte Joe gegen die Blasen und den beharrlichen Druck, der ihn daran hinderte, die Oberfläche zu erreichen. Schließlich gewann sein Wille die Oberhand, und sein

TOM COLEMAN

SCHRECKEN DER NACHT

Kopf hob sich schließlich schwer atmend über das Wasser.

"Hattest du Spaß?", fragte eine Stimme.

Joe blinzelte, dann rieb er sich die Augen. Fünf schattenhafte Gestalten standen in einem Bogen um ihn herum. Er sah zu ihren Gesichtern auf, und der Atem blieb ihm im Hals stecken. Bleiche, weiße Gesichter, die seinem ähnelten, starrten auf ihn herab. Jedes Gesicht hatte ein Grinsen, das von Ohr zu Ohr reichte, und pechschwarze Augen. Dies waren seine Peiniger, und er wusste, was nach ihrem Grinsen kam.

"Nein, nein, nein ... nein, bitte!" schrie Joe, als die Gesichter immer näher an seins herankamen, bis nichts mehr übrig war. Es war stockdunkel.

***

Joe schreckte aus seinem Albtraum hoch und ruckte mit dem Kopf hin und her. Sein Herz pochte schnell in seiner Brust. Seine

71

TOM COLEMAN

Augen gewöhnten sich langsam an die Dunkelheit, und er atmete schwer, als er merkte, dass er sich in der Sicherheit seines Zimmers befand.

Joe seufzte, stieg vorsichtig aus dem Bett und machte einen Spaziergang zum Badezimmer. Seine Absicht war einfach: sein Gesicht zu waschen und ins Wohnzimmer zurückzukehren.

Er drehte den Wasserhahn am einzigen Waschbecken des Badezimmers auf, tauchte seine Hand in die Wasserlache und schloss die Augen. Das Gefühl des Wassers auf seiner Haut war beruhigend.

Joe nahm ein wenig Wasser in die Hand, spritzte sich das kalte Wasser ins Gesicht und rieb es sanft ab. Seine Augen brannten herrlich, und die Kälte beruhigte seine strapazierten Nerven. Die Zeit verging wie im Flug, während Joe das ruhige und beruhigende Gefühl genoss.

Er entspannte sich und bespritzte sein Gesicht erneut, bevor er die Augen öffnete. Als er das tat, verschlug ihm der Anblick, der sich ihm bot, fast den Atem. Im Spiegel starrte Joe sein eigenes Spiegelbild an, aber es war nicht sein übliches Spiegelbild, sondern ein lebendiges Spiegelbild mit einem Grinsen und kalten, dunklen Augen.

"Hallo, Joe. Ich dachte, ich könnte mich ein wenig zeigen", sagte die Stimme. Panik trieb Joe an, bevor sein Verstand ihn zurückhalten konnte. Mit einer schnellen Bewegung traf seine Faust den Spiegel, und es gab einen lauten Knall.

***

Das Geräusch von zersplitterndem Glas riss Mr. Phillips aus dem Schlaf. Alarmiert und wach huschte er auf die Beine und schlich zur Tür. Er tastete nach dem Baseballschläger neben der Tür, hob ihn auf und schlüpfte hinaus.

Er ging leichtfüßig, um ein Knarren zu vermeiden, das den Eindringling alarmieren könnte, und suchte das ganze Haus ab,

73

TOM COLEMAN

lauschte auf verräterische Geräusche und Anzeichen, aber da war nichts.

Von der Küche bis zum Wohnzimmer untersuchte Herr Phillips jeden Winkel, bis er die angrenzenden Zimmer seines Sohnes und seiner Tochter erreichte. Zuerst warf er einen leisen Blick in das Zimmer seiner Tochter, aber es war nichts Ungewöhnliches zu sehen. Erleichtert wandte sich Mr. Phillips dem Zimmer seines Sohnes zu. Da bemerkte er, dass die Tür nicht verschlossen war. Ein Anflug von Panik überkam ihn, als er einen Blick in das offene Zimmer warf.

Es war niemand in Sicht, niemand, der ihm antwortete, als er den Namen seines Sohnes rief.

Unruhig blickte Herr Phillips den Flur seiner Dreizimmerwohnung entlang. Die Zimmer von Joe und Jeanne waren durch das Badezimmer in der Mitte von seinem und dem seiner Frau getrennt. Da wurde ihm klar, dass er das Badezimmer bei seiner Sicherheitsüberprüfung übersehen hatte.

TOM COLEMAN

Er ging ins Badezimmer, wo er die Tür einen Spalt breit öffnete. Drinnen war es dunkel. Beunruhigt schob Herr Phillips die Tür weiter auf und trat ein. Mit der linken Hand tastete er reflexartig an der Wand nach dem Lichtschalter. Mit einem Schnipsen ging das Licht an.

In der Mitte des Badezimmers, den Kopf zwischen den Beinen eingeklemmt, lag sein Sohn. Ein Gefühlsausbruch ließ Mr. Phillips auf die Knie sinken. "Joe... Sohn, was ist los?"

"Es ist nichts, Dad... es ist nichts", antwortete Joe und hob kaum den Kopf.

Mr. Phillips rückte näher an seinen Sohn heran und schlang seine Arme um ihn. Er zog seinen Sohn in eine Umarmung, woraufhin dieser in ein Schluchzen ausbrach.

"Ich weiß, dass du einiges durchgemacht hast. Ich weiß, dass du versucht hast, es allein zu regeln, mein Sohn, aber das musst du nicht. Ich bin für dich da. Deine Mutter und ich sind für dich da", sagte er leise und strich ab und zu mit seinen Händen über Joes Haar.

"Ich wünschte, ich könnte es, Dad, aber ich kann es nicht." Joe wimmerte. "Ich wünschte, ich könnte es euch beiden sagen, aber ihr würdet es nicht verstehen. Ich kann es nicht erklären, aber es beunruhigt mich immer wieder... verfolgt mich." Er schniefte ein paar Tränen zurück.

Die Worte seines Sohnes verletzten ihn, aber Mr. Phillips schüttelte den Schmerz ab und hörte zu. In solchen Momenten, wenn Joe überwältigt war, wusste er, dass er am besten helfen konnte, wenn er ruhig zuhörte, und das tat er auch.

***

"Ich... ich höre ständig Stimmen. Ich habe ständig diese Albträume. Ich sehe Dinge, die nicht real sind, Dinge, die nie passiert sind... oder vielleicht doch, ich weiß es nicht

TOM COLEMAN

einmal. Ich weiß nicht, was mit mir los ist", protestierte Joe.

"Ich weiß, dass du mich fragen wolltest, dass du dachtest, es würde mir bei der Heilung helfen, aber dann hast du dir nicht die Mühe gemacht. Das ist in Ordnung. Ich werde es dir sagen.

"Ich habe meine SIM-Karte nicht gewechselt, weil ich meine Freunde in der Schule vergessen musste. Es gibt kein spezielles Paket oder einen Plan für die SIM-Karte. Ich brauchte sie nur, um... zu entkommen", sagte Joe.

"Irgendetwas - nein, irgendjemand - verfolgt mich", sagte er. Er stieß einen großen Seufzer aus.

Sein Vater starrte stumm vor sich hin, als ob er um die richtigen Worte ringen würde.

Joe zwang sich zu einem Lächeln und sprach weiter: "Er behauptet, ich zu sein, behauptet, alles zu wissen, was ich weiß und alles zu fühlen, was ich fühle. Er behauptet, er sei meine... andere Hälfte... eine ungebundene Seele oder so etwas, aber er macht mir Angst, Dad."

"Er ist in meinem Kopf und in meinem Telefon. Er sorgt dafür, dass ich jeden Albtraum jede Nacht wieder erlebe, und deshalb findest du mich jeden Tag um zwei Uhr morgens wach."

"Ich frage immer wieder, wer er ist und was er will, aber er redet nur davon, dass er ich ist und mich will, und dann erzählt er irgendwelchen vagen Unsinn über Dinge, die er tun und erreichen will, als ob er mich in eine Sekte hineinziehen will", fügte Joe hinzu und schniefte, um sich die Nase zu putzen.

"Das ist alles, Papa. Das ist alles", sagte er und stieß einen schweren Seufzer aus.

Sein Vater schwieg und beobachtete ihn. Nach gefühlten Stunden gluckste sein Vater. "Schätze, du bist wirklich ein Schwächling, Joe", sagte er und seine Stimme klang unheimlich wie die, die Joe gehört hatte. Erschrocken riss sich Joe von seinem Vater los und starrte ihn an. Das Bild des Gesichts

TOM COLEMAN

seines Vaters verwandelte sich langsam in das kalte, dunkle Gesicht, das er im Spiegel gesehen hatte.

"Gefällt dir mein neuer Look?", fragte die Stimme und verwandelte ihr Gesicht wieder in das seines Vaters.

"Geh weg von mir. Lass mich in Ruhe ... bitte!" schrie Joe und huschte von seinem "Vater" weg. Seine Finger stolperten über eine große Glasscherbe und krümmten sich um sie. Er richtete das scharfe Ende auf seinen Vater und wiederholte in einem dunklen, drohenden Ton die Worte: "Lass mich in Ruhe."

***

Herr Phillips war über den plötzlichen Rückwärtssalto seines Sohnes verblüfft. Noch schlimmer war es, als er eine bedrohliche Glasscherbe aufhob und sie auf ihn richtete. Aus Angst, Joe könnte sich selbst verletzen, versuchte er, näher an

TOM COLEMAN

seinen Sohn heranzurücken, der ihn nicht nur anglotzte, sondern auch versuchte, ihn mit der Glasscherbe aufzuschlitzen. Das war für ihn mehr als genug Warnung, um Abstand zu halten.

Der Lärm aus dem Badezimmer rief seine Frau hervor, die durch die Störung aufgeregt aussah.

"Schatz, was ist denn los?", fragte sie. Kaum hatte sie die Szene wahrgenommen, schlug sie sich vor Schreck die Hände vor den Mund. Tränen traten ihr in die Augen und liefen ihr über die Wangen. Kurze Zeit später sank sie neben ihrem Mann auf die Knie, der sie festhielt, damit sie nicht impulsiv handelte. Wer weiß, vielleicht würde sie ihren Sohn in die Arme nehmen, aber in Joes aktuellem Zustand war das zu gefährlich.

"Sohn, ich weiß, dass du gerade in einem Zustand bist, aber du musst nichts tun. Schau, wir sitzen nur hier. Wir werden dich nicht stören. Wir werden dir nicht wehtun. Entspann dich, mein Sohn", sagte Mr. Phillips und hob ergeben seine Hände, um

die angespannte Gestalt seines Sohnes zu
beruhigen.

"Tue dir nicht weh. Entspanne dich, und
lass uns hier zusammenbleiben. Du wirst das
durchstehen, und wir werden dir dabei
helfen", fügte er hinzu.

Seine Frau hatte ihren Kopf an seine
Schultern gelegt und schluchzte leise,
während sie ihren Sohn anstarrte. Genau wie
bei den Episoden zuvor konnten sie nichts
anderes tun, als den Wahnsinn abzuwarten
und ihn mit ihren Worten und ihrer
Anwesenheit zu ermutigen.

~~~

Joe kauerte in der Ecke, die Hand mit der
Glasscherbe vor sich ausgestreckt. Obwohl
er sich müde und schwach fühlte, konnte er
es sich nicht leisten, zu schlafen. Ein zweiter
Peiniger war aufgetaucht, und dieser hatte
das Gesicht seiner Mutter angenommen. Er
fühlte sich davon angewidert. "Ich bin fertig
mit deinen Spielchen. Ich lasse mich nicht
mehr von euch verletzen", hatte er gesagt
und in ihre Richtung gespuckt.
~~~

SCHRECKEN DER NACHT

Keiner von ihnen bewegte sich, und er war dankbar dafür. Er wusste, dass sie irgendwann ihre üblichen Qualen vollziehen würden. Sein Leben würde kurz vor seinen Augen aufblitzen, bevor er von pechschwarzer Dunkelheit verschluckt würde, um den ganzen Albtraum zu wiederholen. Obwohl es schrecklich war, wünschte er sich, dass sie es endlich hinter sich bringen würden. Er musste aufwachen. Wenigstens konnte er tagsüber, wenn er nicht schlief, einen Hauch von Liebe und Frieden empfinden, und seine Peiniger hatten ihn nicht mehr im Griff.

Joes Augen blinzelten von dem Stress. Seine Augenlider waren schwer; sie wünschten sich verzweifelt, dass er nachgeben würde. Er brauchte alle Ruhe, die er bekommen konnte, aber seine Angst war weitaus spürbarer als sein Schlafbedürfnis. In einem Moment der Schwäche schloss er die Augen gegen seinen Willen. Seine Peiniger bewegten sich, während seine Sicht verschwamm, und das war alles.

TOM COLEMAN

SCHRECKEN DER NACHT

***

Piep! Piep! Piep!

Joe hörte das Geräusch, erst ganz schwach, dann etwas deutlicher. Er rührte sich und spürte, wie sich seine Augen öffneten und er eine Welt voller weißer Lichter sah. Er blinzelte, um sich zu konzentrieren, und stellte fest, dass er in eine Reihe von Leuchtstoffröhren über dem Kopf starrte. Er senkte den Blick und sah, dass er auf einem weißen Bett lag, mit Lederriemen an den Armen. Seine Hände waren mit Verbänden bedeckt, und an einer Vene in seinem linken Arm war ein dünner Schlauch befestigt. Joe blickte sich um und entdeckte eine einsame Gestalt, die ruhig auf einem Stuhl neben dem Bett schlief.

"Mama?", rief er.

Ihre Augen weiteten sich, und sie zog ihren Sitz näher zu ihm heran. "Ich bin hier, mein Lieber. Ich bin da", sagte sie. Ihre Hand streckte sich aus, um seine Stirn zu berühren.

"Kann ich hier einen Arzt bekommen? Phil", rief sie, dann wandte sie ihren Blick zu ihrem Sohn.

"Mama, es tut mir leid", platzte Joe heraus. Seine Gefühle tobten, und er war sich nicht sicher, was er mehr empfand. "Es tut mir leid, dass ich nicht stark sein konnte. Ich konnte sie nicht abwehren. Ich weiß nicht einmal, ob ich noch kämpfen kann. Ich will es nicht mehr." Seine Tränen flossen in Strömen, während er sprach.

"Mach dir keine Sorgen, Schatz, es ist alles in Ordnung. Ich bin ja da. Wir werden das durchstehen", sagte sie mit bebender Stimme.

"Wir haben das schon einmal durchgemacht. Wir können es immer noch schaffen. Die Ärzte sagen etwas von Meditation mit lokalen Experten, dass es gut für den Geist ist und so weiter.

"Du brauchst dir keine Sorgen zu machen, mein Sohn. Dir wird es gut gehen. Dein Vater und ich stehen dir bei. Bitte gib nicht auf. Lass nicht los, Süßet..." Es war, als hätte sie nicht die Kraft, weiterzumachen. Joe wusste, dass es ihm nicht gut ging, und sie versuchte nur, die Hoffnung aufrechtzuerhalten. Er wusste, dass sie wusste, dass er Angst hatte, er konnte seine Gefühle nicht mehr verbergen. Es war nur eine Frage der Zeit, bis er seine Dämonen nicht mehr bekämpfen konnte.

TOM COLEMAN

86

TOM COLEMAN

Kapitel 5

"Was wollen Sie damit sagen, Doktor? Mein Sohn ist verrückt?" fragte Mrs. Phillips. Der Gedanke an den Zustand ihres Sohnes trieb ihr einen weiteren Anfall von Tränen und Schluchzen ins Gesicht. Ihr Mann, der neben ihr saß, nahm reflexartig ihre Hand in seine und drückte sie tröstend.

"Es kommt nicht jeden Tag vor, dass wir Patienten wie Ihren Sohn bekommen, Mr. und Mrs. Phillips. Die Symptome der Demenz sind zwar eindeutig, aber es gibt ein paar Dinge, die nicht zusammenpassen, Dinge, die wir vielleicht eine Zeit lang beobachten müssen", sagte der Arzt langsam. Er klang so, als wolle er die Situation nicht verschlimmern.

"Doktor", sagte Mr. Phillips.

"Wenn Joe noch ein paar Tage oder Wochen im Krankenhaus bleibt, ist das für uns kein Problem."

"Aber besteht die Möglichkeit, dass Joe wieder gesund wird, egal wie wenig, Doktor?", fragte Mr. Phillips.

Seine Frage ließ den Arzt ratlos zurück, und die beiden Männer starrten sich viel zu lange gegenseitig an. Schließlich gab der Arzt nach und schloss kurz die Augen. Seine Handlung sagte mehr als die Worte, die er aufbringen konnte. "Wie Sie wissen, Mr. Phillips, sind wir stets bemüht, unser Bestes zu geben. Wir können uns in der Zwischenzeit um Ihren Sohn kümmern..."

"Bis es nichts mehr zu versorgen gibt, richtig?" fragte Mr. Phillips. Seine Stimme war hart.

Im Büro des Arztes herrschte minutenlanges Schweigen - unterbrochen von Mrs. Phillips' Schluchzen -, das sich wie Stunden anfühlte.

"Danke, dass Sie sich die Zeit genommen haben, Doktor, aber ich glaube nicht, dass es Joe gefallen wird, hier zu bleiben. Es wäre wohl das Beste, wenn wir ihn von zu Hause aus überwachen und Sie anrufen, wenn sich

TOM COLEMAN

etwas ändert", sagte Mr. Phillips seufzend. Joe hatte eine Woche im Krankenhaus verbracht, in der sich kaum etwas verändert hatte, und verzweifelt darum gebettelt, nach Hause geschickt zu werden. Der Arzt hatte zwar Recht damit, dass er Joe im Auge behalten musste, aber das Krankenhaus war einfach nicht der richtige Ort für ihn.

"Das ist kein Problem, Mr. Phillips. Ich verstehe, wie schwer das für Ihre Familie sein muss, und ich bin bereit, mit Ihnen zusammenzuarbeiten", sagte der Arzt und erhob sich, während er sprach.

"Ich lasse Ihnen von einer der Krankenschwestern die verschreibungspflichtigen Tabletten für Joe geben. Die Beruhigungstabletten werden Joe ruhig halten, während die Schmerzmittel gegen seine Kopfschmerzen helfen werden. Was die Schlaflosigkeit angeht, so geben Sie ihm die Schlaftabletten in der vorgeschriebenen Dosierung, und er wird mindestens sieben Stunden lang nicht mehr aufwachen müssen", erklärte der Arzt.

TOM COLEMAN

SCHRECKEN DER NACHT

Mr. Phillips nickte und streckte seine Hand aus, woraufhin der Arzt seine eigene ausstreckte.

Frau Phillips erhob sich leise neben ihrem Mann und wischte sich die Tränen mit einem Taschentuch aus ihrer Handtasche ab.

Das Paar verließ vorsichtig mit dem Arzt die Praxis, der sie zu einer seiner Bereitschaftsschwestern führte, ihnen einige Anweisungen gab und sie zur Apotheke schickte.

***

Joes Augen leuchteten auf, als er erfuhr, dass er das Krankenhaus verlassen konnte. Er war derjenige, der die Nachricht überbrachte. Als er aus dem Krankenhauskittel in seine eigenen Sachen schlüpfte und schließlich ins Auto stieg, um nach Hause zu fahren, spürte Joe ein Gefühl der Erleichterung in sich aufsteigen. Der Aufenthalt im Krankenhaus war nicht die

TOM COLEMAN

beste Lösung für ihn gewesen. Vielmehr hatte es ihn verwundbar gemacht. Die Stimme hatte ihn immer wieder mit ihrem unheimlichen Lachen verhöhnt und seine Albträume verstärkt.

Obwohl er zu Hause nicht völlig sicher vor der Stimme war, wusste er, dass er dort besser aufgehoben war. Zumindest würde er dort Kraft und Hoffnung finden, verglichen mit dem Krankenhaus, das ihm eng erschien, mit seinen weißen Wänden, dem sterilen Geruch und den routinierten Krankenschwestern, deren Lächeln nicht weniger beruhigend wirkte. Er sah sie nie wegen ihres Lächelns; er sah stattdessen seine Peiniger.

Die Fahrt nach Hause verlief ruhig und ereignislos, und er war froh über die Stille. Als sie die Einfahrt erreicht hatten, seufzte er, sah zu seinen Eltern hinüber und sagte: "Danke." Es wurden keine weiteren Worte gewechselt, als sie aus dem Auto stiegen und sich auf den Weg ins Haus machten. Was ihn betraf, so rief sein Bett nach ihm.

***

"Sieh an, sieh an, wer beschlossen hat, aufzuwachen", sagte Joes Vater scherzhaft. Der Rest der Familie saß im Wohnzimmer und schaltete den Fernseher ein, als Joe groggy aus seinem Zimmer trat. Es war ein paar Minuten vor acht Uhr abends, und das bedeutete, dass Joe das Abendessen verpasst hatte. Jedenfalls war er erleichtert, seinen Sohn so entspannt zu sehen.

"Es geht nichts über einen guten Schlaf, das kann ich dir sagen", fügte er hinzu, woraufhin Joe lächelte. Es wirkte echt, ohne jede Spur von Schwäche oder Angst.

"Komm her, Joe. Komm, setz dich zu mir", winkte seine Frau ihrem Sohn zu.

Mr. Phillips protestierte und sagte: "Sei nicht so egoistisch, Schatz..."

"Komm, setz dich zu uns", sagte seine Mutter und wandte sich an Joe. Das kleine Drama hielt Joes Lächeln aufrecht, als er zur

TOM COLEMAN

SCHRECKEN DER NACHT

Couch hinüberkroch und sich auf den Teppich zwischen seinen Eltern setzte.

Die drei saßen schweigend da, während sie durch die Kanäle blätterten und sich für eine Sendung entschieden. Nach mehr als einer Stunde Fernsehen fielen Mrs. Phillips die Augen zu, und sie schlief bald ein, den Kopf an die Schultern ihres Mannes gelehnt. Joe blieb mit seinem Vater in der Stille der Nacht zurück.

"Wie geht es dir?", fragte sein Vater leise.

"Ich fühle mich besser. Ich schätze, ich habe nur einen ordentlichen Schlaf gebraucht", sagte er. Am Ende kicherte er.

"Das ist gut, Joe, das ist gut", antwortete sein Vater.

Joe nahm sich einen Moment Zeit und drehte sich zu seinem Vater um. Sein Vater hatte ein Lächeln im Gesicht.

***

TOM COLEMAN

SCHRECKEN DER NACHT

Das Tageslicht kam, und Joe fand sich auf seinem Bett ausgestreckt wieder. Die Nacht war ohne die üblichen Albträume verlaufen, und darüber war er erleichtert. Allerdings hatte er ein seltsames Gefühl in der Magengegend, als ob er etwas Unheimliches erwartete.

Seit er das Krankenhaus vor etwa zwei Wochen verlassen hatte, musste er sich nicht mehr mit seinen Albträumen auseinandersetzen. Sein Handy war zwar in Reichweite, aber er rührte es kaum an. Er war eher desinteressiert an seinem Telefon als ängstlich. Seine Eltern, die vorgeschlagen hatten, es ihm vorzuenthalten, schienen sich zu entspannen, als sie bemerkten, dass er das Telefon seit seiner Rückkehr kaum angerührt hatte. Jedes Mal, wenn sie ihn darauf ansprachen, zuckte er nur mit den Schultern und sagte, er interessiere sich einfach nicht mehr für sein Handy.

"Außerdem ist es ja nicht so, dass ich tausend Leute habe, die mich anrufen oder die ich anrufen muss", fügte er oft hinzu, um seine Pause vom Telefon zu rechtfertigen.

TOM COLEMAN

SCHRECKEN DER NACHT

Bislang hatte er nur eine Person, die er anrufen konnte, und er benutzte die Handys seiner Eltern, wenn ihm danach war. Kyle, der Anrufe von zwei verschiedenen Nummern erhalten hatte, hatte sich an die neue Art der Kontaktaufnahme seines Freundes gewöhnt.

Jetzt, wo er daran dachte, fiel sein Blick auf sein Telefon und verweilte dort etwas länger, als er es sich gewünscht hatte.

"Heute nicht", murmelte er und zuckte mit dem Blick.

Er machte sich auf den Weg ins Badezimmer und putzte sich schnell die Zähne, gefolgt von seiner routinemäßigen Gesichtsreinigung. Bei laufendem Wasserhahn schöpfte er Wasser in sein Gesicht und presste seine Hände auf die Augen; das Wasser war beruhigend.

Joe atmete aus und hielt sich noch ein paar Handvoll Wasser ins Gesicht, das er langsam über seine Wangen rieseln ließ. Er öffnete die Augen. Sein Spiegelbild im

TOM COLEMAN

Badezimmer erregte seine Aufmerksamkeit -
es grinste, aber Joe nicht.

Joe blinzelte. Das Grinsen auf dem
Spiegelbild entspannte sich, und es zeigte
denselben neugierigen Blick wie Joe. Er
blinzelte erneut und machte eine
Handbewegung, um seine Angst zu lindern.
Er hätte schwören können, dass sein
Spiegelbild einen ganz eigenen Ausdruck
angenommen hatte. Joe schloss die Augen
und ließ seinen Geist entspannen.

Als er in sein Zimmer zurückkehrte, fiel
Joes Blick auf den Nachttisch, auf dem sein
Handy lag. Er drehte sich um, um sein
Zimmer zu verlassen, aber kaum hatte er
einen Schritt nach draußen gemacht, drehte
er sich wieder in seinem Zimmer um.

Er murmelte etwas über diese Erfahrung,
während er das Telefon von seinem
Nachttisch nahm - es hatte sich
eingeschaltet. Ein paar Sekunden später war
sein Telefon vollständig hochgefahren. Im
Handumdrehen hatte er das Wählgerät
eingeschaltet und tippte eine Telefonnummer

TOM COLEMAN

ein. "Jetzt geht's los. "Er seufzte und tätigte den Anruf.

Schweigen.

Nach ein paar weiteren Versuchen gab Joe schließlich auf. Tief in seinem Inneren spürte er einen Hauch von Hoffnung. Vielleicht war er endlich von seinen Dämonen befreit.

Kapitel 6

"Sieh an, du siehst gut aus, Joe", sagte er zu sich selbst, als er sein Spiegelbild im Badezimmer betrachtete. Der Wasserhahn im Waschbecken lief unaufhörlich, und die Glühbirne, die über seinem Kopf hing, flackerte bei jedem seiner Worte. Es war kurz nach Mitternacht.

"Es geht nichts über eine gute Waschung, um den Kopf frei zu bekommen", sagte er und spritzte sich eine Handvoll Wasser ins Gesicht.

"Also, was machen wir heute Abend? Hm - vielleicht ein bisschen Fernsehen?" Das Wasser tropfte in winzigen Tropfen über sein Gesicht. Ohne daran zu denken, sich das Gesicht abzuwischen, ging Joe zur Badezimmertür.

Im Wohnzimmer angekommen, ließ er sich auf die Couch fallen und nahm die

SCHRECKEN DER NACHT

Fernbedienung des Fernsehers in die Hand. Nach ein paar Klicks entschied er sich für einen Off-Air-Sender. "Ahh, ja - der Mitternachtsklassiker", sagte er mit einem kleinen Klatschen.

"Was machst du da?", fragte eine tiefe, verschlafene Stimme.

Joes Augen huschten in die Richtung der Stimme.

Jeanne starrte ihn an, mit einem verwirrten Ausdruck auf dem Gesicht. Sie schien sich nicht entscheiden zu können, ob sie der Verlockung des Schlafes nachgeben oder den Anblick vor ihr hinterfragen sollte.

"Ah, Jeanne - schön, dass du dich endlich entschlossen hast, zu mir zu kommen. Ich habe gewartet", sagte Joe fröhlich. Er winkte sie mit einer Handbewegung zu sich und sagte: "Komm schon, komm zu deinem großen Bruder."

Jeanne gähnte daraufhin, machte sich schläfrig auf den Weg zur Couch und kauerte sich dicht an Joe. Sie lehnte ihren Kopf an

TOM COLEMAN

seine Schulter und legte ihren Arm um seinen. "Was sehen wir uns an?", fragte sie.

Joe sah sie liebevoll an und sagte: "Rate mal".

Jeanne rieb sich die Augen und schaute auf den Fernsehbildschirm. Langsam schlich sich ein Stirnrunzeln auf ihr Gesicht. Als wäre sie erschrocken über das, was sie sah, wandte sie sich an Joe. "Ich mag diesen Film nicht", sagte sie, und ihre Stimme verriet Angst.

"Wirklich?" fragte Joe fröhlich. "Aber ich sehe es mir jeden Abend an." Er fügte hinzu: "Komm schon - so schlimm ist es nicht, Jeannie."

"Aber er hat Angst. Sie werden ihm schlimme Dinge antun", sagte Jeanne besorgt.

"Hmm, vielleicht hast du recht. Vielleicht werden sie ihm schlimme Dinge antun, aber es ist ziemlich lustig", antwortete Joe. "Oh, das ist mein Lieblingsteil: die Sprechchöre." Joe richtete seinen Blick wieder auf das Rauschen auf dem Fernsehbildschirm.

TOM COLEMAN

SCHRECKEN DER NACHT

Wie als Antwort auf Joes Erwartungen flackerte der Fernsehbildschirm. Das weiße, statische Rauschen ging in ein deutlicheres Geräusch über. Der Ruf "Teatime" ertönte aus den Lautsprechern des Fernsehers und wurde mit jeder Sekunde lauter.

Joe schaute vergnügt zu, während seine jüngere Schwester sich eng an ihn drückte, wo sie saß.

"Mach, dass es aufhört", flehte Jeanne und zerrte an Joes Arm.

Er drehte sich zu ihr um und sah sie mit einem breiten, unnatürlichen Grinsen an. "Hat Jeannie Angst?", flüsterte er.

Sie nickte, ihr Gesicht in seinem Arm vergraben.

"Keine Sorge, Jeannie - dein großer Bruder ist da. Es wird bald vorbei sein", sagte er und drückte ihr einen Kuss auf den Kopf.

***

TOM COLEMAN

"Guten Morgen, Mom - was gibt es zum Frühstück?" fragte Joe, nachdem er in die Küche getreten war.

Seine Mutter wusch schmutziges Geschirr.

Jeanne stand an der Theke neben ihr, aber in dem Moment, als sie ihn sah, huschte sie in die Ecke.

"Jeanne, in der Küche wird nicht gerannt", sagte Mrs. Phillips und wandte sich an ihr jüngstes Kind, das versuchte, sich rar zu machen.

"Tut mir leid", sagte Jeanne aus ihrem Versteck. "Joe ist unheimlich", fügte sie hinzu.

Joe und seine Mutter tauschten bei ihren Worten verwirrte Blicke aus. Joe war noch mehr verwirrt. "Aber ich habe nichts getan", sagte er und hob die Hände.

Seine Mutter hörte auf, sich um das Geschirr zu kümmern, ging zu Jeanne hinüber und sagte liebevoll: "Komm schon,

102

TOM COLEMAN

Jeannie - du liebst deinen großen Bruder, nicht wahr?"

"Ja", antwortete sie leise, "aber er macht mir Angst."

"Wie?" sagte Joe laut.

Seine Mutter hielt einen Finger hoch. "Sprich mit mir, Süßer. Was hat Joe getan?"

"Er hat sich eine gruselige Sendung im Fernsehen angesehen. Sie haben ihm im Fernsehen schlimme Dinge angetan", sagte sie und spielte mit ihren Fingern, während sie sprach.

"Die Show war wirklich gruselig, was?", fragte ihre Mutter.

Jeanne nickte.

"Es ist also die Show, die Angst macht, und nicht Joe, richtig?", fragte sie erneut.

Jeanne nickte, aber sie schaute Joe kurz an und schüttelte den Kopf. "Joe ist unheimlich. Er hat mich so böse angeschaut", murmelte sie.

TOM COLEMAN

"Ach, wirklich?", sagte ihre Mutter. "Wann hat er dich denn mal böse angeschaut?"

"Gestern Abend", sagte sie leise.

Mrs. Phillips starrte ihre Tochter eine Weile an und seufzte dann. "Mach dir keine Sorgen, okay, Jeannie?", bot sie an. "Er hat nur gespielt, und dafür gebe ich ihm Hausarrest, okay?", sagte sie. Ihre Stimme erhob sich beim letzten Teil des Satzes ein wenig, damit er wusste, dass sie es ernst meinte und es keine leere Drohung war.

Jeanne nickte und ließ sich nur widerwillig von ihrer Mutter aus ihrem Versteck ziehen. Sie vermied es, Joe direkt anzuschauen, bis er die Küche mit einer Flasche Wasser verlassen hatte.

***

Mrs. Phillips wusste, dass Joe keine Ahnung hatte, worüber seine jüngere Schwester in der Küche sprach. Er hielt sich

TOM COLEMAN

an sein übliches Drehbuch, nichts zu sagen und darauf zu warten, dass sie das Missverständnis zwischen ihm und seiner jüngeren Schwester aufklärte. Meistens geschah dies, nachdem es ihr gelungen war, Jeanne dazu zu überreden, über das, was nicht stimmte, zu sprechen, aber an diesem Tag hatte sich Jeanne kaum gerührt. Abgesehen von dem, was sie in der Küche gesagt hatte, erzählte sie nicht die ganze Geschichte, was Joe getan hatte.

Die Nacht brach an, und Jeanne hatte immer noch nicht gesagt, was sie über Joe gesagt hatte. Die meiste Zeit des Tages hatte Jeanne ihn völlig gemieden. Sie war sogar so weit gegangen, sich in ihrem Zimmer zu verschanzen.

"Entspann dich, Schatz, sie wird schon wieder", hatte ihr Mann gesagt, als es Zeit war, schlafen zu gehen, aber sie konnte die Angst, die sie in den Augen ihrer Tochter gesehen hatte, nicht abschütteln. Es war nicht wie bei den anderen Streichen, die Joe ihr gespielt hatte. Es war viel dunkler. Als ob es tatsächlich etwas in Joe gab, das ihr Angst machte.

***

In Joes Zimmer ertönte ein einsamer Glockenschlag. Das Display von Joes Handy leuchtete auf. Die Uhrzeit lautete 00:00.

Ein weiterer Glockenschlag und Joes Bildschirm flackerte auf. In der Benachrichtigungsleiste erschien eine Nachricht mit dem Text "Wach auf, Joe. "

Joes Körper setzte sich wie von selbst im Bett auf. Seine Augen bewegten sich, und er öffnete sie langsam. Sie waren dunkel und ahnungsvoll. Langsam reckte er den Hals in Richtung seines Telefons. Seine Hand folgte seinem Blick, und sie schwebte leicht über dem Telefon. Das einsame Licht des Telefondisplays warf einen unheimlichen Schein auf seine offene Handfläche.

Er nahm den Hörer ab und klickte auf die neue Nachricht. Der Absender war niemand

TOM COLEMAN

anderes als seine Telefonnummer. Ein Lächeln schlich sich auf sein Gesicht.

Joe erhob sich und verließ sein Zimmer. Obwohl er kein Ziel vor Augen hatte, landete er in der Küche und setzte sich auf einen hohen Hocker an der Küchentheke. Joe schaute sich um, aber er entschied sich dafür, direkt nach vorne zu starren. Seine Finger klopften im Gleichklang mit dem Klang der Wanduhr an der Küchenwand auf die Arbeitsplatte.

Zehn volle Minuten lang starrte er vor sich hin und tippte vor sich hin, bevor er aus seiner Träumerei ausbrach. Sein Blick wanderte zu dem Messerblock. Sein Körper folgte seinem Blick, und innerhalb von Sekunden stand er vor dem Regal und ließ seinen Blick von Messer zu Messer wandern.

"Sauber und einfach, das ist alles, was du brauchst", murmelte er. Seine Finger legten sich um ein Tranchiermesser und er zog es langsam aus dem Block. Vor seinen Augen blitzte ein Bild auf, wie das Messer aus dem Block gezogen wurde und mit frischen Blutflecken übersät war.

Joe lächelte bei diesem Gedanken.

Er hielt das Messer an sein Gesicht und fuhr mit einem Finger über die Klinge, um die Schärfe zu spüren.

Joe nickte, ging ein paar Schritte zurück, drehte sich um und ging aus der Küche. Er machte sich auf den Weg zum Foyer, das zwischen den drei Zimmern des Hauses lag. Er ging auf das Zimmer seiner Eltern zu und blieb vor ihrer Tür stehen. Dort stieß er einen Seufzer aus.

Er legte die linke Hand auf den Türknauf, drehte sich um und hörte hinter sich ein "Joe?".

Joe steckte das Messer in die Shorts, die er zum Schlafen getragen hatte, zog vorsichtig sein Hemd darüber und richtete sich auf. Dann drehte er sich zu seiner kleinen Schwester um und lächelte. "Wie geht es dir, Prinzessin?", fragte er.

Jeanne trat einen Schritt zurück und murmelte: "Gut."

TOM COLEMAN

SCHRECKEN DER NACHT

Joe bemerkte ihren Rückzug und sagte: "Pst. Keine Sorge, Jeannie. Ich bin dein großer Bruder. Ich werde dir nicht wehtun."

"Aber... aber du bist unheimlich", sagte Jeanne.

"Deshalb hast du gestern nicht mit mir gespielt, hm? Du konntest mich nicht einmal ansehen?" fragte Joe.

Jeanne nickte.

"Ist schon gut. Es tut mir leid, dass ich dich erschreckt habe. Das wollte ich nicht", sagte Joe und trat einen Schritt näher.

Jeanne sah zögernd aus, aber sie wartete, bis er in ihre Reichweite kam.

Joe hockte sich auf ihre Augenhöhe, schloss für einen Moment die Augen und öffnete sie dann wieder. "Siehst du? Ich bin immer noch dein großer Bruder", sagte er und sah sie an.

Jeanne starrte ihn mit einem besorgten Gesichtsausdruck an. Sie seufzte und sagte: "Ja, ich schätze, das bist du."

TOM COLEMAN

"Natürlich, ich bin es, Jeannie. Und ich bin da, wenn du mich brauchst", bot er an. "Also, willst du darüber reden?", fragte er, nachdem ein paar Momente des Schweigens vergangen waren.

Jeanne nickte.

Daraufhin setzte er sich auf den Boden und lehnte sich an die Wand. Er deutete Jeanne an, es ihm gleichzutun, und legte einen Arm um sie, nachdem sie ihm gehorcht hatte.

"Ich weiß, dass du nicht gelogen hast. Dass ich laufen kann", begann Jeanne.

Joes Gedanken wanderten zu der Zeit, als er von der Schule zurückkam: die Episode mit dem Schlafwandeln.

"Ich habe geträumt, und dann habe ich gesehen, wie du mich hergebracht und zugedeckt hast, aber..."

"Aber was?" fragte Joe.

"Du... du kamst zurück und standest in meinem Zimmer. Du hast mich angeschaut wie neulich Abend", sagte sie.

TOM COLEMAN

Joe schwieg und ließ sie weiterreden.

"Dann bist du gegangen und hast meine Tür offen gelassen. Ich hatte Angst und wollte nicht aus dem Bett aufstehen", erklärte sie.

Joe erinnerte sich an ihr Leugnen des Schlafwandelns, aber der Teil über seine Rückkehr in ihr Zimmer war ihm entgangen. Er konnte sich nicht daran erinnern, so etwas getan zu haben. Auch an eine zweite Nacht, in der er sie angestarrt hatte, konnte er sich nicht erinnern. "Aber du hast gesagt, du hättest es nicht getan", sagte Joe unsicher.

Jeanne sagte: "Nein, ich dachte, ich hätte geträumt."

"Oh", sagte Joe nachdenklich. "Das passiert doch immer wieder, oder? Du träumst davon, zu gehen, und dann tust du es tatsächlich?"

Jeanne nickte. "Aber dann vergesse ich es", fügte sie nach einer Weile hinzu.

"Hm?"

"Wenn ich aufwache, erinnere ich mich weder an Träume noch an das Gehen", erklärte sie.

Joe nickte. Er verstand, wovon sie sprach.

Während Jeanne von ihren schlafwandlerischen Erlebnissen erzählte, spürte er ein beunruhigendes Gefühl in der Magengrube. Seine Hände zuckten in Abständen, und einen Moment lang schwor er sich, dass das in seiner Hose versteckte Messer heiß genug war, um seine Haut zu verbrennen.

"Deshalb hatte ich gestern Angst vor dir. Weil ich weiß, dass ich nicht geträumt habe, und dass du es nicht warst", sagte Jeanne.

Joe, der sich darauf konzentriert hatte, das beunruhigende Gefühl in seinem Bauch zu unterdrücken, kehrte in die Realität zurück. "Was hast du gesagt?", fragte er.

"Neulich nachts. Ich habe schlecht geträumt und dann bin ich aufgewacht", sagte Jeanne.

TOM COLEMAN

SCHRECKEN DER NACHT

Joe machte eine Handbewegung, um sie zum Weiterreden zu ermuntern.

"Ich war auf der Toilette, dann hörte ich den Fernseher, also kam ich raus, um nachzusehen. Ich dachte, dass ich vielleicht Papa oder Mama sehen würde, aber stattdessen habe ich dich gesehen", erklärte Jeanne. "Aber... aber dann warst es nicht du. Es sah aus wie du, aber du warst es nicht. Es war ein böser Mensch. Ein sehr böses und unheimliches Du", sagte Jeanne.

Joes Atem blieb ihm im Hals stecken, als Jeanne ihm erklärte, was in der Nacht zuvor geschehen war. Er konnte sich nicht erinnern, was passiert war, aber während sie sprach, formten sich Bilder in seinem Kopf: sein Spiegelbild; das Wasser, das von seinem Gesicht abperlte; das Rauschen des Fernsehers; der Gesang.

Jeanne war dort gewesen, aber das war es nicht, was ihn auf die Füße springen und in sein Zimmer rennen ließ. Visionen von ihm, wie er um Mitternacht aufwachte, drängten sich auf. Die Erkenntnis dämmerte ihm in Blitzen. Er hatte wochenlang zu gut

TOM COLEMAN

geschlafen, und deshalb fühlte er sich unwohl. Die Stille war nicht so gewesen, wie er gehofft hatte. Es lag nicht daran, dass er endlich frei von der Stimme war, die behauptet hatte, sein anderes Ich zu sein.

Joe schnappte nach Luft, als sein Verstand den Strom der Gedanken zusammensetzte. Seit er aus dem Krankenhaus zurückgekehrt war, war er um Mitternacht aufgewacht, aber nicht er war in diesen Momenten um Mitternacht bei Bewusstsein gewesen. Es war sein anderes Ich gewesen. Das ungebundene Wesen, das in seinem Kopf und durch seine Telefonnummer gesprochen hatte.

Joe stolperte vom Boden auf die Füße und in sein Zimmer. Er zog das glühende Messer heraus und warf es so weit wie möglich. Seine Hand griff nach seinem Handy und er wählte schnell.

Anruf nicht verbunden.

"Komm schon", rief Joe, als er vergeblich versuchte, seine Telefonnummer erneut zu wählen. Nach drei weiteren erfolglosen

TOM COLEMAN

SCHRECKEN DER NACHT

Wahlwiederholungen flog ihm das Telefon aus der Hand. Aber der Aufprall des Telefons an der gegenüberliegenden Wand wurde von ihm kaum registriert, als er Jeanne mit offenem Mund und verwirrt in der Tür stehen sah.

"Was ist denn los?", fragte sie.

Unsicher, wie er antworten sollte, schüttelte Joe den Kopf. "Irgendetwas stimmt wirklich nicht, Jeanne", begann er, "aber ich werde herausfinden, was, und ich werde es in Ordnung bringen." Er seufzte, machte ein paar vorsichtige Schritte auf sie zu, nahm ihre Hand und führte sie aus seinem Zimmer.

***

Joe tat sein Bestes, um sich von dem unheimlichen Gefühl in seinem Bauch abzulenken, aber in seinem Kopf tauchten immer wieder Jeannes Worte und die Bilder jeder Nacht auf, in der er wach gewesen war,

TOM COLEMAN

aber keine Kontrolle über sein Bewusstsein hatte. Diese Nacht wäre wahrscheinlich nach demselben Muster verlaufen, mit tödlichem Ausgang, wenn Jeanne nicht aufgewacht wäre. Soweit er wusste, war das Messer nicht zum Spaß benutzt worden, und er hatte definitiv nicht vor, das Zimmer seiner Eltern für ein mitternächtliches Gespräch zu betreten. Er hatte nicht viel darüber nachgedacht, aber jetzt, wo er es tat, hatte seine andere Seite nicht damit gescherzt, sich zu holen, was und wen er wollte. Er hatte düster und bedrohlich geklungen, und jetzt verstand Joe, was diese Worte bedeutet hatten. Joe hatte es mit einem bösartigen Wesen zu tun, das ihn in ein Monster verwandeln und sein Zuhause zerstören konnte, aber er hatte keine Ahnung, warum.

Joe saß neben Jeannes Bett und wartete darauf, dass sie einschlief, während sie ihn mit besorgten, verschlafenen Augen ansah. Zu verschiedenen Zeiten bemerkte er, wie sie ihn anstarrte, aber schließlich siegte der Schlaf.

SCHRECKEN DER NACHT

Obwohl Joe keine Ahnung hatte, wie er mit der Situation umgehen sollte, spürte er das nagende Gefühl, dass er sein dunkles Ich kontaktieren und vielleicht einen Deal aushandeln musste. Angesichts der Taubheit, die er seit der Einnahme der Medikamente in seinem Kopf verspürte, der Anrufe, die nicht mehr ankamen, und des völlig zertrümmerten Telefons, war er ratlos.

"Der Spiegel", wurde ihm klar. Obwohl er die letzte Erfahrung mit dem Spiegel als einen Streich seines Verstandes abgetan hatte, verstand er, dass dies seine einzige Möglichkeit war, und so machte sich Joe auf den Weg ins Badezimmer, drehte den Wasserhahn auf und führte seine Routine-Wäsche durch.

***

"Sieh an, sieh an, wer sich entschlossen hat, mich anzurufen", sagte die unheimliche Stimme kichernd.

TOM COLEMAN

Joe starrte auf sein Spiegelbild. Der einzige Unterschied lag in ihren Augen: Joe sah müde und ängstlich aus, während sein ungebundenes Ich eine bedrohliche Aura hatte.

Joe schluckte. "Warum tust du das?", fragte er leise.

"Gibt es jemals einen Grund für das, was wir tun?", antwortete die Stimme.

Joe knirschte angesichts der ausweichenden Antwort mit den Zähnen.

"Aber ich werde dich bei Laune halten", fügte er hinzu. "Der freie Wille wird entweder genommen oder gegeben. Es steckt mehr in dir, als du denkst, aber du hast dich nicht gefügt. Es ist nur weise, dass ich mir nehme, was mir gehört..."

"Ich gehöre nicht zu dir", murmelte Joe.

Sein Spiegelbild zog eine Augenbraue hoch.

Joe sagte noch lauter: "Ich gehöre dir nicht!"

TOM COLEMAN

SCHRECKEN DER NACHT

Sein anderes Ich schaute für den Bruchteil einer Sekunde perplex, bevor es in Gelächter ausbrach.

Wütend schleuderte Joe eine Faust gegen den Spiegel. Der Aufprall verursachte einen beträchtlichen Riss auf der Oberfläche des Spiegels.

Sein anderes Ich war sichtlich schockiert über die plötzliche Bewegung. "Joe", begann es. Der Spiegel zerbrach weiter. Mit jedem Wort, das es zu sagen versuchte, zerbrach der Spiegel weiter, bis die Stücke zersplitterten und in das Waschbecken fielen.

Erschöpft sackte Joe auf dem Badezimmerboden auf die Knie.

Eilige Schritte näherten sich dem Badezimmer, und für einen Moment, bevor er die Augen schloss, sah er seine Mutter und seinen Vater hereinstürmen.

***

TOM COLEMAN

Seit seiner letzten Begegnung im Badezimmer hatte Joe seine SIM-Karte verbrannt und sein Telefon in den Mülleimer geworfen. Jetzt, wo Telefon, SIM-Karte und Badezimmerspiegel verschwunden waren und seine Medikamente dafür sorgten, dass er nachts nicht mehr aufwachte, fühlte Joe sich ruhig. Als er soweit war, erzählte er seinen Eltern, womit er zu kämpfen hatte. Obwohl ihre Gesichter verrieten, dass sie seine Geschichte kaum glauben konnten, stimmten sie zu, den Badezimmerspiegel nicht zu ersetzen.

Die Tage wurden zu Wochen und die Wochen zu Monaten, ohne dass er ein beunruhigendes Gefühl in der Magengrube hatte. Obwohl Joe seinen Eltern gesagt hatte, dass alles in Ordnung sei, hatten sie sich die Mühe gemacht, einen Priester ins Haus zu holen. Nach einigen unangenehmen Gesprächen segnete der Priester das gesamte Haus, indem er Weihwasser versprengte. Joe bekam Brot und Wein zum Abendmahl gereicht und ein paar Bibelverse, die er vor dem Schlafengehen laut aufsagen sollte. Joe gehorchte seinen Eltern und dem Priester und stellte bald fest, dass er ohne die Medikamente, auf die er sich so sehr verlassen hatte, schlafen konnte. Die Bibelverse wirkten, und er teilte dies dem Priester mit, der ihn beglückwünschte, von den Dämonen befreit zu sein, die ihn geplagt hatten.

"Aber vergiss nicht, dass Joe-Dämonen eifersüchtige Wesen sind, die vor nichts zurückschrecken, um das zurückzugewinnen, was sie verloren haben. Achte darauf, dass deine Gedanken nicht abschweifen. Denke nicht an deine Vergangenheit oder an die Stimme, die du einst gehört hast, damit du ihn nicht anrufst und wieder in die Knechtschaft gerätst", hatte der Priester Joe angewiesen. Getreu den Worten des Mannes fühlte sich Joe unwohl, wenn er in seinen Gedanken abschweifte. Und das erinnerte ihn daran, seine Gedanken zu zügeln und die Vergangenheit loszulassen.

***

TOM COLEMAN

SCHRECKEN DER NACHT

Joe blieb sicher zu Hause und vergaß allmählich die Schrecken der Vergangenheit, aber sein ungebundenes Ich blieb sehr präsent. Obwohl durch die Maßnahmen des Priesters und des jungen Mannes selbst von Joe getrennt, beobachtete und wartete die andere Seite von Joe und wurde im Laufe der Monate immer rachsüchtiger.

Die Zeit verging recht schnell, und für Joe begann der nächste Abschnitt seines Lebens: das College. Über eine neue SIM, die er dem Priester zur Segnung gebracht hatte, kam er wieder mit Kyle in Kontakt. Gemeinsam bewarben er und Kyle sich bei einer Reihe von Colleges und drückten die Daumen, dass sie eine Zusage erhielten. Da ihre Zulassungen übereinstimmten, freuten sich die jungen Männer riesig. Es gab jedoch noch jemanden, der auf ihre Freude zählte und auf seine Zeit wartete.

***

Tropf...tropf...tropf.

TOM COLEMAN

SCHRECKEN DER NACHT

Wasser tropfte über Joes Gesicht. Seine Augen waren geschlossen, sein Atem gleichmäßig.

"Wir treffen uns wieder, Joe", sagte eine unheimliche Stimme.

Joes Augen öffneten sich und trafen auf die seines Spiegelbildes. Sein anderes Ich starrte ihn an, mit starrem Blick. Anders als beim letzten Mal waren seine Augen pechschwarz. Dunkle Adern zogen sich von seinen Augen über sein Gesicht.

"Du warst ein sehr sturer Kerl, Joe", sagte es.

Joe reagierte schnell und schlug mit der Faust auf den Spiegel ein. Bevor seine Faust auftraf, spürte er eine unvorstellbare Kraft, die sie zurückhielt, nur Zentimeter vom Spiegel entfernt.

"Nein, nein, das darfst du nicht noch einmal tun", erwiderte sein dunkleres Ich.

Joe riss seine Hände von der Kraft des Spiegels los und wandte sich zur Flucht. Er machte einen Schritt auf die Badezimmertür

TOM COLEMAN

zu und spürte, wie eine Kraft ihn vom Boden abhob.

"Du hättest auf mich hören sollen", hörte er sein ungebundenes Ich sagen. Mit einer schnellen Bewegung wurde er auf den Boden geschleudert, und sein Kopf krachte durch das Keramikbecken.

Es herrschte Schweigen.

Tropf...tropf...tropf.

Joe spürte das vertraute Gefühl von Wasser, nur war es nicht das Wasser, das er in seinen Träumen gehabt hatte; es war sein Blut.

***

Die Nachricht von dem Jungen, der tot in der College-Toilette gefunden worden war, verbreitete sich schnell. Die Leiche von Joe Phillips wurde in einem überfluteten Badezimmer mit einem großen Krater darunter gefunden. Der Autopsiebericht

TOM COLEMAN

führte die Todesursache auf einen häuslichen Unfall zurück. Der Gerichtsmediziner vermutete, dass Joe Phillips gestürzt war und sich nicht nur den Kopf, sondern auch das Waschbecken im Bad zerbrochen hatte.

Was weder die Polizei noch die Autopsieexperten verstehen konnten, war die Ursache für den Krater unter ihm. Es sah so aus, als wäre Joe Phillips durch eine unerklärliche Kraft hochgeschleudert und auf den Boden geknallt worden, nur konnten sie nicht feststellen, welche Kraft dazu ausgereicht haben könnte.

"Er war mein Freund. Mein bester Freund", berichtete Kyle in einem Interview im Namen der trauernden Familie. "Wir sind zusammen zur Schule gegangen, haben studiert und unseren Abschluss gemacht. Die Dinge, die wir zusammen durchgemacht haben ... und jetzt ist er weg, einfach so." Kyles Stimme brach. Seine Tränen flossen in Strömen.

"Da draußen gibt es etwas Dunkles, etwas, das die Polizei verschweigt. Ich weiß es, weil Joe immer wieder versucht hat,

TOM COLEMAN

davor wegzulaufen. Er hat mir davon erzählt. Erst waren es seine Träume, dann die Anrufe, dann die Halluzinationen. " Er dachte, er hätte genug gesagt. Obwohl andere vermuten könnten, dass seine Trauer ihn zum Schweigen gebracht hatte, war Kyles Zunge in Wahrheit gegen seinen Willen erstarrt. Es war nicht der Kummer, sondern etwas anderes, etwas, das nicht wollte, dass er alles sagte, was er wusste. Es war dasselbe, von dem er Joe einmal erzählt hatte, dass es nichts weiter als seine wild gewordenen Gedanken waren.

Kyle blieb still. Er war da, um mit Joes Familie zu trauern, und das tat er auch.

Als es an der Zeit war, zu seinen Eltern zurückzukehren, bot Mr. Phillips an, ihn nach Hause zu fahren. "Das ist das Mindeste, was ich tun kann", hatte Herr Phillips gesagt.

Kyle nahm das Angebot an, und das Duo fuhr schweigend weiter, bis Kyle zu Hause war. Als Mr. Phillips außer Sichtweite fuhr, spürte Kyle ein Summen in seinen Hosentaschen. Er zog sein Handy heraus und

TOM COLEMAN

blinzelte zweimal; es war seine eigene
Telefonnummer, die ihn anrief.

TOM COLEMAN

SCHRECKEN DER NACHT

128

TOM COLEMAN

DER FLUCH DER HERNANDEZ TEIL DREI

129

TOM COLEMAN

130

TOM COLEMAN

KAPITEL FÜNF:
Schmerz

Für Christina kam die erste Welle in Form von Kribbeln und Nadeln. Sie schaute auf ihre Haut und sah überall Nadeln, aber sie schaffte es, ihren Schrei zu unterdrücken. Es tat nicht so sehr weh, und dafür war sie dankbar. Das Problem fing an, als es wirklich zu schmerzen begann.

"Carlos, du hast gesagt, es war nur in unserem...", aber Carlos war nirgends zu finden. Hatte das Haus es geschafft, sie so schnell zu trennen? Es war, als ob das Haus ihre Ängste und Schuldgefühle noch schneller aufsaugte als zuvor. Es war unwirklich.

"Wie machen sie das? Was passiert da?" Christinas Gehirn konnte zu diesem Zeitpunkt wegen der unerträglichen

TOM COLEMAN

Schmerzen nicht mehr optimal arbeiten. Sie wusste, dass sie das allein bewältigen musste. Sich hinter Carlos zu verstecken, würde sie nicht weiterbringen. Es war ein ekelhaftes Szenario wie kein anderes, und Carlos hatte mit seinen eigenen Dämonen zu kämpfen, von denen sie teilweise nicht einmal wusste. Sie musste allein aus dieser geistigen Hölle herauskommen.

"Es sind nur Nadeln ... es sind nur Nadeln. Nimm dich zusammen", wiederholte Christina zu sich selbst. Mit jedem Nadelstich, den sie spürte, erinnerte sich Christina daran, dass ihr Schmerz nur in ihrem Kopf war.

"Sieh dir an, was du mit mir gemacht hast", sagte Susan und stützte ihren Kopf in die Hand. Christina konnte den Anblick nicht fassen, der sich ihr bot. Es war zu viel.

"So war es nicht." Sie ließ sich wieder von ihren Gefühlen leiten, die sie noch tiefer in den Mindfuck lockten. "Mein Gott."

TOM COLEMAN

"Gott gehört nicht zu dir, und er wird dich nicht retten."

"Und? Hätte es einen Unterschied gemacht?" erkundigte sich Susan.

Ihr enthaupteter Kopf ruhte auf ihren Händen, während er auf höchst verstörende Weise sprach. Es war nicht echt... nichts davon war echt. Christina wusste das, aber es war trotzdem ein beängstigender und entnervender Anblick, den sie bot. Wie konnte dieses Ding dem Gedächtnis des armen Mädchens so etwas antun?

"Warum tust du das? Susan hat das nicht verdient." Christina war verwirrt. War es nun das Haus oder die Geister? Sie und Carlos mussten so schnell wie möglich zu dem Koffer gelangen, bevor sie von den ruchlosen Angriffen der Kreaturen verschlungen wurden.

Das Wesen, das sich als Susan verkleidete, ging näher an Christina heran, aber sie wich zurück. Christina konnte den Schrecken in ihrem Gesicht förmlich spüren.

Als der Geist näher kam, wurde er immer entstellter, behielt aber Susans allgemeine Gestalt bei.

"Einst gab es eine Frau. Eine schöne, starke Frau." Der kopflose Körper wuchs weiter, ebenso wie der Kopf. "Sie kaufte ein Haus, weil sie dachte, es sei ein Schnäppchen. Sie ahnte nicht, dass er kommen würde, um sie beim Schlafen zu beobachten. Wer, sagst du? Der pechschwarze Mann, der immer wieder kam. Es wurde so schlimm, dass Heather nur noch weinen konnte." Zu diesem Zeitpunkt stand der Ghul direkt vor der versteinerten Christina. Der Kopf wurde immer größer, während der Mund sprach. Christina klammerte sich mit aller Kraft an ihren Verstand, aber es funktionierte im Moment nicht. Ihre Angst legte sich wie eine Decke über ihren Verstand.

TOM COLEMAN

SCHRECKEN DER NACHT

Der pechschwarze Mann? Das große, riesige Monster, das nicht in den Raum eindringen konnte, sondern direkt vor der Tür lauerte? Wer war er, und was war das für eine Geschichte, die ihr erzählt wurde? Christina konnte kaum all die Informationen aufnehmen, die ihr erzählt wurden. Wer konnte und sollte sich das merken, wenn er so viel Angst hatte und Schmerzen litt? Die Nadeln waren immer noch unglaublich schmerzhaft, aber der kopflose Dämon, der den Kopf des Mädchens hielt, das sie getötet hatte, hatte etwas noch Unheimlicheres an sich, das den Schmerz der Nadeln ein wenig abklingen ließ.

Die teuflische Kreatur hob den Kopf von etwas, das teilweise immer noch wie Susan aussah, zu Christinas Gesicht und richtete ihn so aus, dass er sie ansah. "Weißt du, was mit Heather passiert ist?", fragte der Kopf.

Christina starrte nur ängstlich vor sich hin. Sie konnte nichts weiter tun, als es

TOM COLEMAN

anzuschauen und zu versuchen, sich zu beruhigen. Sie musste ihre Gedanken unter Kontrolle bringen, aber es funktionierte nicht.

"Als es schwieriger wurde, zog sie sich tiefer in den Raum zurück. Er konnte nicht hineingelangen, und das war genug für sie, um drinnen zu bleiben."

"Was ... was ... was wollen Sie damit sagen?" sagte Christina zu dem Kopf. Die Tatsache, dass sie von einem riesigen Kopf angesprochen wurde und ihm antwortete, war lächerlich, aber es war ihre Realität. Warte ... nein. Christina ermahnte sich selbst - es war nicht real. Es gab keine Realität. Alles war eine Simulation in ihrem Kopf, eine metaphysische Schöpfung, die von der Fähigkeit des Hauses ausging, ihre Erinnerungen und Schwächen zu sehen.

"Ich frage mich, wo Heather jetzt ist", sagte der Kopf und schaute in die Ecke, als ob er sich erinnern wollte.

TOM COLEMAN

SCHRECKEN DER NACHT

"Bitte, lasst uns einfach gehen", flehte Christina.

Der Kopf lachte, als er das hörte. "Das hat Heather auch immer gesagt. Aber es hat nichts gebracht, und bei dir wird es auch nichts bringen."

Die Nadeln bohrten sich weiter in ihre Haut und Christina schrie vor Schmerz auf. Sie schrie so laut sie konnte und reagierte damit auf die unermesslichen Schmerzen, die von ihr ausgingen. "Warum... warum tun Sie das? Was ist das für ein Haus?"

"Du wirst noch früh genug von unserem tragischen Schicksal erfahren."

Sie konnte nur die Stimme des Unholds hören. Der Schmerz hatte sie dazu gebracht, zu Boden zu fallen und auf den Boden zu schauen, so dass sie ihn nicht sehen konnte. War dies das Ende, die Art und Weise, wie ihr Leben und ihre Träume zusammenstürzen würden? Christina dachte

TOM COLEMAN

in diesem Moment über viele Dinge nach. Hätte sie sich mit ihren Eltern versöhnen oder die Beziehung zu ihnen verbessern können? Würde sie jemals die Erfahrung und Freude der Mutterschaft erleben? Und was noch wichtiger war: Christina würde die Chance verlieren, ihre Liebe mit dem Mann ihrer Träume zu teilen.

"Nein", schrie die entschlossene Frau, ertrug den Schmerz und stand auf. "Ich werde dich nicht gewinnen lassen. Ich werde nicht zulassen, dass dieses kranke Haus die Oberhand gewinnt. Ihr werdet mich nicht bekommen, und meinen Mann auch nicht." Sie blickte auf, aber die Erscheinung war nicht mehr vor ihr.

Die Nadeln stachen immer noch in ihre Haut. Selbst das Atmen war schmerzhaft, und jeder Schritt, den sie tat, fühlte sich an wie der Biss eines wilden Tieres. Sie wusste, dass es nicht real war, und alles, was sie tun musste, war, sich zu behaupten und standhaft zu bleiben. Zu

138

TOM COLEMAN

SCHRECKEN DER NACHT

Christinas Überraschung wurden die Nadelstiche umso weniger schmerzhaft, je mehr sie an dem Glauben festhielt, dass alles, was geschah, nicht real war.

"Ich werde das durchstehen und meinen Mann erreichen. Du stehst mir im Weg. Verschwinde!" Ihre Worte waren so mutig, dass sie tatsächlich dazu beitrugen, die Dunkelheit ein wenig zu lichten, und Christina entdeckte eine Gestalt vor sich. Es konnte alles Mögliche sein, aber sie entschied sich für die beste Möglichkeit.

"Carlos", rief sie und bemerkte, dass der Schmerz von den Nadeln verschwunden war. Sie lächelte und spottete, erleichtert, dass ihr Verstand stark genug gewesen war, um sich zu wehren und zu gewinnen.

Als sie wieder aufblickte, stach eine Nadel in ihr Auge.
"AARRRRRRRRRGGHH!", schrie sie.

TOM COLEMAN

Carlos wusste nicht, wohin Christina gegangen war, aber das Schlimmste, was in diesem Moment passieren konnte - vor allem für Christina - war, dass sie getrennt wurden. Sie war psychisch labil, und er musste für sie da sein. Der vertraute Klang der Gitarre hallte durch den dunklen Raum, und Carlos erinnerte sich endlich, woher er kam.

"Das ist es also, ja?", sagte er und sah seine Schwester an. Carlos wusste jedoch, dass das Ding auf dem Stuhl, das ihm gegenüber saß und die Gitarre hielt, nicht seine Schwester war.

"Ja."

"Das war der Ton, den Rosa immer wieder spielte, als sie Gitarre spielen lernte", sagte Carlos, und der Dämon nickte. Allein die Erinnerung daran, wie sie in den ersten Stunden versagt hatte, brachte Carlos zum Lächeln. Er erinnerte sich nicht gerne an seine Schwester, weil es so schmerzhaft war, aber diese Erinnerung zauberte ein Lächeln auf sein Gesicht. Rosa hatte dieselbe alte

Note gespielt und ihn damit genervt. Oh, was würde er dafür geben, in diese glorreichen Tage zurückzukehren. Sicher, es gab viele andere Probleme, wie die Kriminalität und den Mangel an grundlegenden Annehmlichkeiten, aber das spielte keine Rolle, denn er hatte sie, und sie hatte ihn.

"Du denkst, das wird... was? Dass ich zusammenbreche und weine? Ich weiß bereits, dass das nicht real ist, also warum lassen Sie mich nicht einfach gehen?"

Das Wesen lachte laut auf, wobei sich sein Mund ungewöhnlich weit öffnete. Carlos starrte sie verwirrt an. Er war überrascht, dass er nicht gefoltert wurde, aber er wusste, dass er auf der Hut sein musste. In diesem verfluchten Haus konnte alles Mögliche passieren.

"Glaubst du wirklich, dass du entkommen kannst?" Die Stimme hatte sich verändert, sie war nicht mehr so wie die seiner Schwester, sondern eher unheimlich.

TOM COLEMAN

"Warum fühlst du dich wegen Rosa so schuldig?"

"Hören Sie auf." Carlos spürte, wie er sich aufregte, und das war das Letzte, was er wollte.

Der Geist lächelte, nachdem er endlich einen Zugang zu seinem stark befestigten Geist gefunden hatte. "Dann wollen wir mal sehen, was?"

Carlos stand plötzlich in seinem Elternhaus. Es war schlimm. Es war wirklich schlimm. Draußen waren mehrere Schüsse zu hören, und er wusste, was das bedeutete. Im Zimmer sah Carlos, wie er und seine Schwester sich unter dem Bett umarmten.

"Mama war nicht da, oder?", sagte der Geist hinter ihm.

Er drehte sich um und sah einen höllisch aussehenden Ghul in der Luft schweben.

Carlos fiel vor Angst auf den Boden.

TOM COLEMAN

SCHRECKEN DER NACHT

Der Ghul ignorierte ihn völlig und konzentrierte sich auf die Vergangenheit von Carlos. "Natürlich war sie nicht da", sagte er. "Sie musste doppelt so hart arbeiten, um für euch beide etwas zu essen auf den Tisch zu bringen."

"Hör auf damit", warnte Carlos streng, aber er war sicher nicht in der Lage, jemanden oder etwas zu warnen.

"Und wir können die demütigenden Schläge nicht vergessen, die du von deinem betrunkenen Vater erhalten hast." Der Schauplatz wechselte zu einem anderen aus Carlos' Kindheit, an den er sich nur allzu gut erinnerte. Er war nachts nach Hause gekommen und hatte seinen Vater vorgefunden, der seine Mutter verprügelte. Rosa konnte ihn nur aus der Ferne anflehen, damit aufzuhören - wer wusste schon, was er ihr antun würde, wenn sie sich einmischte?

"Rosa konnte nichts tun", sagte Carlos, der wie gebannt auf die Szenerie vor ihm starrte und sich immer tiefer in die

TOM COLEMAN

Fänge des ruchlosen Hauses begab. Schuldgefühle und Traumata aus der Vergangenheit waren immer eine bessere Form des Schmerzes, um ein Individuum zu manipulieren, als gegenwärtige und körperliche Schmerzen.

"Ja... ja", spornte ihn der Ghul an, während er zusah, wie seine Mutter getreten wurde. "Du musstest eingreifen, nicht wahr?"

"Ja. Ich rannte los und stieß ihn mit aller Kraft von ihr weg." Während er das sagte, spielte sich die Szene vor seinen Augen ab.

Carlos' Vater schaute den Jungen so wütend an, dass Carlos sich in diesen Moment zurückversetzte und die Angst, die ihn damals durchströmte, wiedererlebte.

"Und dein Vater hat dich dafür fast zu Tode geprügelt, nicht wahr?"

Carlos sah zu, wie seine Mutter und seine Schwester weinten, als sie sahen, wie

TOM COLEMAN

er geschlagen wurde... bis seine Schwester eine große Vase auf dem Kopf ihres Vaters zerschlug.

"Er wollte nicht aufhören", sagte Carlos und versuchte zu erklären, warum es nicht ihre Schuld war. "Ich war fast ohnmächtig. Ich hätte sterben können. Sie war immer eine großartige Schwester, die sich um mich kümmerte. Rosa hätte mich auf keinen Fall sterben lassen."

"Warum hast du sie dann sterben lassen?"

Die Frage traf ihn hart. Er wollte dieses Gespräch nicht führen. Carlos sprach selten darüber.

Der Schauplatz wechselte zu einem anderen Zeitpunkt in seinem Leben, als er von einer Schlägerei zurückkam und seine Knöchel teilweise blutig waren.

"Als du älter wurdest, wolltest du deiner Mutter helfen, stimmt's?" Es sprach weiter in sein Ohr.

Carlos brach seelisch zusammen. Das war nicht das, was er gewollt hatte. Er hatte seiner Mutter keinen Schmerz oder Kummer bereiten wollen. Er war nur ein kleiner Junge gewesen, der versuchte, der Mann im Haus zu sein, nachdem sie für ihn getötet und sein Leben gerettet hatten.

"Sie meldeten es der Polizei als Notwehr, und das war es auch", antwortete Carlos, ohne mit der Wimper zu zucken, völlig versunken in die Illusion, die er vor sich sah, weil sie sich wie die Realität anfühlte. Der erwachsene Mann sah, wie sein jüngeres Ich seine Mutter und seine Schwester schlecht behandelte. Carlos wusste, warum er es getan hatte - er wollte sich so sehr beweisen, dass es ihn an dunkle Orte führte, und als seine Mutter ihn darauf ansprach, hatte er sie barsch abgewiesen und gesagt, es sei alles nur zum Überleben.

"Du hast Leute verprügelt, gestohlen, gelogen und andere schreckliche Dinge

146

TOM COLEMAN

getan, während du dir einredest, es sei für sie."

"Halt." Eine Träne entkam seinem Auge, als er gezwungen war, all die schrecklichen Dinge zu sehen, die er getan hatte. Carlos hatte vergessen, dass sie sich in einem Spukhaus befanden oder dass seine Frau in diesem Moment wahrscheinlich leiden würde. Sie hatten seinen Dreh- und Angelpunkt gefunden, seinen Schwachpunkt. Jetzt, da sie ihn getroffen hatten, brach der junge Mann zusammen.

"Es tut mir leid, Mom", sagte er und versuchte, seine weinende Mutter zu trösten, während die jüngere Version von ihm einfach an ihr vorbeiging.

"Wir sollten uns bemühen, besser zu werden, Carlos", hatte Rosa zu ihm gesagt, aber Carlos wollte es nicht hören. Er hatte nicht bemerkt, dass er so sehr von den Kräften des Hauses angezogen worden war, dass er in den Körper seines jüngeren Ichs eingetreten war.

TOM COLEMAN

"Lass mich in Ruhe. Es wird alles einen Sinn ergeben, wenn wir hier rauskommen und ein besseres Leben haben", antwortete er ihr. "Alles, was ich tue..."

"Ist für uns, richtig?" beendete Rosa und sah aus, als hätte sie diese alte Ausrede satt. "Dieses Leben, das du führst... es wird dich eines Tages einholen, Carlos", sagte sie und ging weg. " Ich hoffe nur, dass du das Ende des Tunnels sehen kannst, nach dem du dich so sehr sehnst, damit wir es erreichen. Ich hoffe, wir sehen es auch."

Er war den Tränen nahe. Es war so schmerzhaft gewesen. Er mochte sich nicht mit der Rolle auseinandersetzen, die sein Lebensstil und seine Sturheit bei ihrem Tod gespielt hatten.

"Es... tut mir leid." Carlos fiel weinend zu Boden und merkte kaum, dass er in seinem jüngeren Körper steckte. "Es ist alles meine Schuld."

TOM COLEMAN

SCHRECKEN DER NACHT

"Du hast mich umgebracht", sagte das Bild von Rosa.

Carlos war so verblüfft, dass er dachte, sie sei es wirklich. "Es war nicht die rivalisierende Gang zu der, der du beigetreten bist, sondern du. Als du dich diesen Typen angeschlossen hast und in den ganzen Mist hineingezogen wurdest, hast du Angriffe auf dich und damit auch auf uns provoziert."

Er konnte dem Gesagten nicht einmal etwas entgegensetzen, denn er hatte es geglaubt. Irgendwo tief in seinem Inneren hatte er sich immer die Schuld dafür gegeben, dass er ihre Warnungen nicht beachtet hatte. Er ging weiter und machte weiter, ließ aber seine Familie zurück.

"Aber als du zurückkamst, um sie zu holen", flüsterte ihm der Ghul ins Ohr. Für Carlos war es, als ob er seine innersten Gedanken hörte, "einer von ihnen war weg".

TOM COLEMAN

Der Raum wechselte zu dem Tag, an dem er nach Hause kam und ihren leblosen Körper auf dem Boden fand. "Nein, nein, nein, nein, ich will das nicht sehen! Ich will das verdammt noch mal nicht sehen!" Carlos schloss seine Augen, aber es war, als wären seine Lider durchsichtig. Selbst mit geschlossenen Augen konnte er es sehen. "Argh! Hör auf!" Er befand sich im Körper seines jüngeren Ichs und sah wie ein Beifahrer zu, wie er nach Hause kam und nach seiner Schwester rief. Er hatte gehört, dass sie herausgefunden hatten, wo er wohnte, und sein Haus angegriffen hatten, um sich für eine Reihe von Problemen zu rächen, die die Gruppe, der er angehörte, ihnen bereitet hatte.

"Da ist sie", sagte der Geist, als sei er zufrieden. Das Wesen stand neben Rosas leblosem Körper, während Carlos sie in seinen Armen hielt. Ihr ganzer Körper war von Einschusswunden übersät. Sie war von Schüssen getroffen worden, wahrscheinlich aus einem Drive-by.

SCHRECKEN DER NACHT

"Mama war nicht da, oder?", hallte die Stimme in seinem Ohr wider. "Sie war unterwegs, um das Essen auf den Tisch zu bringen. Währenddessen hast du in deinem Versuch, deine Familie zu schützen, indem du dich der Bande angeschlossen hast, deren Ende verursacht. Das ... warst ... ganz ... du ..."

"Es... Es tut mir so leid. Ich wollte nicht, dass das passiert. Bitte, komm zurück!"

"Du solltest dafür bezahlen. Du hast im Moment ein glückliches Leben, während sie im Dreck liegt. Du hast das Glück nicht verdient. Sie schon, aber du hast es ihr genommen."

Die Dunkelheit kroch weiter in seine Psyche, und Carlos gab sich selbst die Schuld. Er sollte tot sein. Das hätte er sein sollen. Er war gebrochen.

TOM COLEMAN

"Willst du sie nicht sehen und dich dafür entschuldigen, was du ihr angetan hast?"

"Ja, das tue ich. Ich will es wirklich."

"Dann nimm das und komm zu mir", sagte Rosa und lächelte. Sie reichte Carlos ein Messer.

Er starrte das Messer eine Minute lang wie betäubt an. "Okay."

TOM COLEMAN

KAPITEL SECHS: Ich kann es nicht glauben

Christina schrie und schrie lauter, als sie jemals zuvor geschrien hatte. Es war so schmerzhaft, die Nadel in ihrem Auge zu haben, dass sie auf den Boden fiel und schrie, als das Blut in Strömen aus dem Auge floss.

"Ich dachte, das ist nicht real", schrie sie vor sich hin.

TOM COLEMAN

Die Geister lachten. Christina glaubte, fast tausend Lacher zu hören.

Sie blickte auf und sah mit ihrem funktionierenden Auge mehrere Geister auf sie zukommen. Es gab so viele Geister? Sie lebten alle in diesem Haus? Was genau war das für ein schauriges Verlies, das sich als Haus ausgab? "Was ist hier los? Warum gibt es so viele von euch?"

"Komm mit uns und finde es heraus", sagte einer der Geister mit grimmigem Blick. Sie schwebten über dem Boden, während sie sie umgaben.

Christina holte tief Luft und dachte nach. Sie musste sich der Tatsache stellen, dass das, was sie gerade erlebte, nicht real war. Die Nadel in ihrem Auge existierte nicht. Trotz der unerträglichen Schmerzen war es nicht real. Nichts davon war real. Sicher, die Geister mussten real sein, aber das Ganze spielte sich in ihrem Kopf ab, und wenn es von ihren eigenen Überzeugungen gesteuert wurde, bedeutete das, dass sie auch das Ergebnis kontrollieren konnte. Sie hatte die Macht, nicht sie. Vielleicht lag sie falsch, aber das war Christina egal. Sie wollte da raus und ihren Mann finden oder bei dem Versuch sterben.

Sie atmete tief durch und schloss ihre Augen, auch das mit der Nadel darin. Als sie sie wieder öffnete, kam ein Wort aus ihrem Mund: "Gehen Sie."

Im Nu verschwanden die düstere Atmosphäre, die Dunkelheit und die Gespenster, und sie stellte fest, dass sie sich immer noch im Schlafzimmer befand, ebenso wie Carlos.

Moment mal... Carlos? Er hatte ein Messer in der Hand und wollte sich gerade erstechen.

"Carlos", schrie Christina und rannte zu ihm hinüber, um ihn davon abzuhalten, sich selbst zu erstechen. Er war allerdings ziemlich stark, so dass sich die Aufgabe als schwierig erwies. Sie rief immer wieder seinen Namen, um ihn von seinem Selbstmordversuch abzuhalten.

***

"Was?" murmelte Carlos schließlich, als er eine schwache, aber vertraute Stimme aus der Ferne seinen Namen rufen hörte. Seine Hand hielt das Messer fest umklammert, aber irgendetwas hielt ihn davon ab.

"Du musst es jetzt tun, Bruder", sagte Rosa hastig zu ihm.

"Aber diese Stimme..."

"Tu es", rief sie und sah dabei etwas finster aus, denn ihre Hornhaut färbte sich rot. "Leide wie wir! Werde zu uns! Werde gefangen!"

"Das ... ist nicht real, oder?" sagte Carlos, als er endlich wieder zu sich kam

TOM COLEMAN

und sich in seinen erwachsenen Körper zurückverwandelte. Er sah sich an, wurde sich bewusst, wo er war, und ließ das Messer fallen.

"Carlos!"

Die Stimme war diesmal lauter, und er erkannte sofort, dass es die von Christina war. Er stand auf, sah sich um und versuchte, sie zu finden.

"Du musst es jetzt beenden", drängte Rosa. "Wir können zusammen sein, Carlos."

Carlos Hernandez schloss die Augen und stellte sich die großartige, freundliche, glückliche Schwester vor, die er kannte. Sie hätte nie gewollt, dass er starb, bevor er die Chance hatte, sein Leben in vollen Zügen zu genießen.

"Rosa wollte nur, dass ich glücklich bin", sagte Carlos mit einem ehrlichen Lächeln. Er drehte sich um und blickte auf die falsche Rosa, die hinter ihm stand und ihn erwartungsvoll ansah, darauf wartend,

TOM COLEMAN

dass er sich umbrachte. "Du bist eine Beleidigung für ihr Andenken, Dämon." Der Schleier löste sich aus seinen Augen. Einen Moment lang schwankte er, aber schließlich wurde er von seinem Anker zurückgehalten: seiner Frau.

"Sie können jetzt gehen."

Der Dämon wich langsam zurück, sobald er es gesagt hatte, ebenso wie das Konstrukt um ihn herum. Als alles klar wurde, stand Christina vor ihm, ihre Hände umfassten seine Wangen, während sie ihn besorgt ansah.

"Oh, Gott sei Dank", sagte sie, als sie bemerkte, dass er wieder bei Bewusstsein war. "Ich war so..." Bevor Christina ihre Worte beenden konnte, hielt Carlos sie fest und küsste sie. Ohne sie wäre er tot.

"Du hast mich gerettet", sagte er, nachdem sich ihre Lippen voneinander gelöst hatten. "Ich wäre tot gewesen, wenn du nicht eingegriffen hättest."

TOM COLEMAN

"Nun, ich war es dir irgendwie schuldig, weil du mich so oft gerettet hast", antwortete sie mit einem Lächeln.

"Wir müssen hier weg."

"Bist du sicher, dass wir das können, Carlos? Bis jetzt konnten wir dem widerstehen, was auch immer in diesem Haus ist, aber irgendetwas sagt mir, dass es noch schlimmer wird, wenn wir diesen Raum verlassen. Zunächst einmal könnte dieser große, dunkle, schattenhafte Mann draußen sein."

"Ja, ich bin sicher. Er ist nur in unseren Köpfen. Er patrouilliert da draußen, um uns glauben zu machen, dass wir nicht entkommen können. Ich bin mir sicher, dass das schwarze Glibberzeug nur auf uns wirkt, weil wir es glauben. Nach dem ersten Abwurf wurden wir psychologisch darauf programmiert, schreckliche Dinge von ihm zu erwarten und ihn zu fürchten, und das hat ihm noch mehr Macht verliehen."

159

TOM COLEMAN

"Ich schätze, du hast recht, aber du weißt, dass es trotzdem wehtun wird, oder?"

"Ich habe keine Angst", sagte Carlos lächelnd zu seiner Frau, und er hatte wirklich keine Angst. Sie hatten das Schlimmste überstanden und bewiesen, dass sie einzeln die Kräfte dieses Hauses überwinden konnten. Gemeinsam konnten sie sich gegenseitig helfen, die Hindernisse zu überwinden, ganz gleich, welche es sein mochten. Soweit Carlos wusste, konnten die Geister ihnen keinen wirklichen Schaden zufügen, sondern sie nur beeinflussen, sich selbst zu schaden.

"Wir können das gemeinsam schaffen. Ich glaube wirklich daran; solange wir uns und dem anderen vertrauen, können wir alles überwinden." Carlos wusste, dass Christina sich bei ihm immer sicher fühlte und dass sie seinem Urteil vertrauen würde.

"In Ordnung. Dann wollen wir mal."

TOM COLEMAN

SCHRECKEN DER NACHT

"Okay." Sie atmeten beide tief durch, zählten bis drei, und Carlos öffnete die Tür, aber zu seiner Überraschung wartete der Silhouettenmann nicht. Vorsichtig steckte er den Kopf heraus, um zu prüfen, ob es sich um einen Trick handelte, aber im Flur war alles frei.

"Lass uns abhauen, solange wir noch können", sagte er zu ihr, und sie nickte. Sie rannten hinaus, aber als sie rannten, schwangen die Türen zum Flur auf. Der Silhouettenmann war in dem unheimlichen Raum mit der Puppe und stand direkt daneben. Die Puppe saß auf dem Körper - oder genauer gesagt dem Skelett - einer Person, von der sie annahmen, dass es sich um eine Person handelte. Der andere Raum sah leer aus und schien allgemein heller zu sein, aber das war ihnen egal und sie gingen weiter bis zum Ende des Flurs, um die Treppe zu benutzen.

TOM COLEMAN

"Warum jagt uns niemand?"
erkundigte sich Christina und klang etwas
verwirrt.

"Frag nicht, Schatz, lauf einfach!"
Für Carlos war klar, dass sie erst rennen und
dann Fragen stellen mussten. Sie mussten so
schnell wie möglich gehen, damit sie den
verdammten Koffer holen konnten. Er war
sich nicht einmal sicher, wie er den Koffer
benutzen sollte, um die Dämonen zu
vertreiben. Er hatte das Ding sogar
verbrannt. Ein Teil von ihm glaubte, dass der
Koffer intakt war, sonst hätte er nicht so viel
Kraft gehabt. Vielleicht waren seine
Vermutungen falsch, und der Koffer hatte
nichts mit dem Haus zu tun. Das würde
bedeuten, dass es besser wäre, in dem
Moment zu fliehen, in dem sie das Haus
verlassen hatten, als noch einmal in das Haus
zu gehen. Das Schlimmste an der ganzen
Sache war, dass er wusste, dass sie immer
noch in das Haus zurückgehen und auf den
Dachboden gehen mussten, um den Koffer
wieder dorthin zu stellen, wo sie ihn

TOM COLEMAN

gefunden hatten. Aus irgendeinem Grund hatte Carlos jedoch das Gefühl, etwas zu vergessen. Er konnte es nicht genau benennen, aber es war wichtig.

"Carlos!" Er war so in Gedanken vertieft, dass er nicht bemerkt hatte, dass die Treppe völlig verschwunden war. Er wäre gestürzt, möglicherweise zu Tode, wenn Christina ihn nicht auf die Situation aufmerksam gemacht hätte. Er versuchte zu stoppen, aber er rannte so schnell, dass er unweigerlich gestürzt wäre, wenn Christina ihn nicht zurückgehalten hätte.

"Oh, Scheiße. Danke. Das war knapp. Das war knapp", gab er zu.

Carlos wusste endlich, warum die Dämonen sie nicht gejagt hatten. Er und seine Frau drehten sich um und sahen mehrere Geister, die ihnen gegenüberstanden. Da war ein Armeemann, ein Zwillingspaar, das nicht älter als elf Jahre aussah, eine Frau mit wirrem Haar, das Skelett mit der Puppe, der Silhouettenmann

TOM COLEMAN

und andere. Die gleiche Frage, die ihm schon den ganzen Tag durch den Kopf gegangen war, drängte sich wieder in den Vordergrund: Was zum Teufel war hier los?

"Wir müssen glauben, dass die Treppe wirklich da ist", sagte Carlos zu ihr.

"Warte. Was?"

Die Geister kamen langsam auf sie zu und machten bedrohliche Geräusche.

Sie mussten schnell handeln. Es hieß dann oder nie.

"Ja. Wir müssen einen Vertrauensvorschuss geben und daran glauben, dass es uns gut geht und die Treppe da ist. Wenn wir das nicht tun, könnte es sehr schnell schlimm werden."

"Ich bin mir nicht sicher..."

"Du musst nur glauben... an dich und an mich. Die Treppe ist da... die Treppe ist da." Diese Worte waren für Carlos genauso wichtig wie für Christina.

TOM COLEMAN

SCHRECKEN DER NACHT

Der Silhouettenmann hatte bereits den Mund geöffnet, um ihnen etwas von seinem seltsamen Schleim entgegenzuschleudern. Obwohl sie darauf vorbereitet waren - oder glaubten, es zu sein -, wollte er das sicher nicht noch einmal durchmachen müssen. Schon der geringste Zweifel genügte, um den Schleim wirken zu lassen. Sie mussten beide daran glauben.

"Okay", sagte Christina.

"Gut. Eins..."

Die Geister hoben ihre Hände und griffen nach ihnen.

"Zwei... drei!"

Sie setzten jeweils einen Fuß auf die Stelle, an der die Treppe sein sollte, und fielen.

"Scheiße!" Carlos fluchte, als er Christina reflexartig schützte und sie hart auf dem Boden landeten. Er hatte definitiv ein paar gebrochene Rippen... oder er hatte sich etwas anderes gebrochen. Carlos hatte bereits eine Kopfverletzung, und jetzt war auch noch sein Körper im Eimer. Christinas Bein war zerschmettert und sah aus, als würde es nicht mehr funktionieren.

"Es tut mir leid, Baby. Wir müssen gehen und diesen Ort verlassen. Wir müssen zur Tür gehen." Carlos schleppte sich hoch und half ihr auf die Beine. Sie hinkte ein wenig, aber sie wussten, dass sie gehen mussten. Carlos wusste nicht, was sie tun würden, wenn sie den Koffer erreichten, aber eines war sicher: Er würde auf keinen Fall in das Gebäude zurückkehren.

Die Ghouls schwebten herab und verfolgten sie, als sie sich bemühten, das Haus zu verlassen. Sie bluteten beide, aber das war beiden egal. Es ging um Leben und Tod. Carlos fragte sich, warum sich die Geister nicht schneller bewegten. Es schien, als könnten sie überall im Haus auftauchen,

TOM COLEMAN

wo sie wollten, aber jetzt bewegten sie sich unglaublich langsam.

Er öffnete die Tür, und sie gingen nach draußen. Es war Abend und fast dunkel, aber das war ihnen egal. Sie gingen direkt zum Papierkorb.

Carlos drehte sich um und bemerkte, dass die Wesen im Türrahmen festsaßen. Warum waren sie nicht hinter ihnen her? Er sah den Geist, der als Rosa erschienen war, direkt vor dem Haus und hörte sogar die Gitarrenklänge.

Er öffnete den Mülleimer und sah, dass der Koffer unversehrt war. Beide seufzten erleichtert auf.

"Oh, Gott sei Dank", sagte Carlos und griff nach dem Koffer. Er öffnete seine Augen. Neben ihm öffnete auch Christina ihre Augen. Alles, was sie hören konnten, war Lachen.

TOM COLEMAN

"Was ... was ist denn los?" fragte Christina. "Wir waren draußen und haben nach dem Papierkorb gegriffen."

Langsam aber sicher zog es Carlos an, und er begann zu lachen, zusammen mit dem seltsamen Lachen, das auf dem Dachboden widerhallte.

Ja, sie waren wieder auf dem Dachboden.

"Warum lachst du? Das ist nicht lustig?" Christina klang verärgert. "Wie sind wir hierher gekommen?"

"Ich kann es nicht glauben", sagte Carlos. "Ich bin heute Morgen nie zur Arbeit gegangen. Deshalb kam mir das alles so vertraut vor. Es waren weniger Leute da, und die Klänge der Gitarre konnten mich bei der Arbeit erreichen. Es war alles so seltsam, weil ich die ganze Zeit in diesem Haus war. Dieses verdammte Haus... das Haus benutzte meine Erinnerungen an den Ort, an dem ich früher gelebt und gearbeitet hatte, um eine

TOM COLEMAN

falsche Realität zu schaffen. Das war der Grund, warum mir jeder bekannt vorkam oder gleich aussah."

"Was meinst du? Ich weiß, dass du gegangen bist."

"Es war alles in diesem Haus", erklärte er, immer noch fassungslos über diese Tatsache. "Wir haben das Haus nicht mehr verlassen, seit wir den Koffer weggeworfen haben. Es war eine ununterbrochene Qual."

"Oh, Gott", sagte Christina ungläubig. Bis dahin war alles nur ein immer tieferes Versinken in die höllische Schöpfung im Spukhaus der Verdammnis gewesen. Wie zum Teufel sollten sie jetzt wieder herauskommen?

"Wir waren von Anfang an im Bann des Hauses", sagte er und stützte seinen Kopf auf seine Handfläche. "Ich kann es einfach nicht fassen."

TOM COLEMAN

Fortsetzung folgt...

(Diese Geschichte wurde durch eine Idee meiner lieben Leserin Jennifer Williams inspiriert)

TOM COLEMAN

Finden Sie heraus, was mit der Familie Hernandez passiert ist und entdecken Sie weitere gruselige Geschichten in "SCHRECKEN DER NACHT 4".

(Erscheint bald)

171

TOM COLEMAN

172

TOM COLEMAN

Wir versammeln alle Menschen mit einer Leidenschaft für Horror und Thriller in unserer speziellen Gruppe. Wenn Sie dabei sein und sich mit uns verbinden wollen, treten Sie unserer Gruppe bei :)

Melden Sie sich hier an:

https://www.facebook.com/groups/541739063097831/

TOM COLEMAN

Entdecken Sie auch

TOM COLEMAN

TOM COLEMAN
AMAZON #1 BESTSELLING AUTHOR
INFECTED
AWAKENING

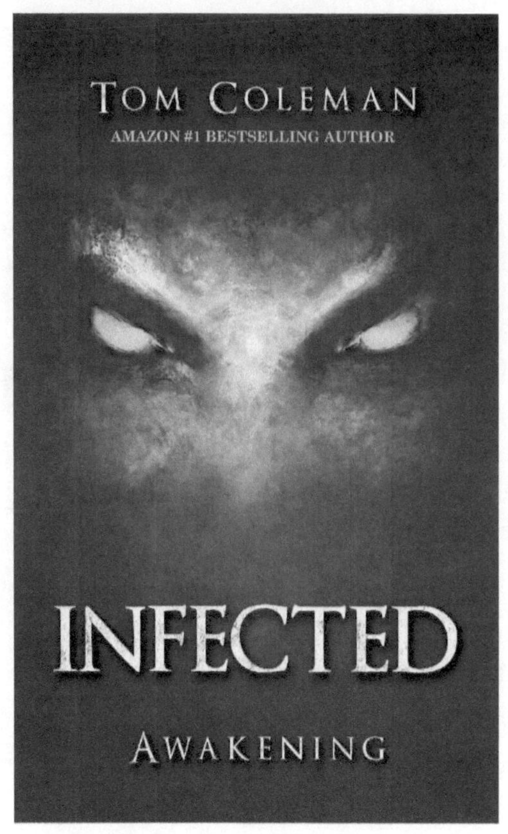

TOM COLEMAN

BITTE UM EHRLICHE BEWERTUNG

Liebe Leserinnen und Leser, wenn Ihnen mein Buch gefallen hat und Sie möchten, dass ich weiter schreibe, gehen Sie bitte online und hinterlassen Sie eine ehrliche Rezension.

Ihre Rezension bedeutet mir sehr viel und wird mich ermutigen, Sie mit weiteren Büchern und Geschichten zu überraschen.

DANKESCHÖN!

177

TOM COLEMAN

SCHRECKEN DER NACHT

178

TOM COLEMAN